听说爱情离开过

tingshuo aiqing likaiguo

食冻面 著

广西人民出版社

图书在版编目（CIP）数据

听说爱情离开过 / 食冻面著. —南宁：广西人民出版社，2011.11

ISBN 978-7-219-07519-7

Ⅰ.①听… Ⅱ.①食… Ⅲ.①言情小说–中国–当代 Ⅳ.①I247.5

中国版本图书馆CIP数据核字（2011）第177441号

监　　制　彭庆国
项目策划　徐嘉谦
责任编辑　曾蔚茹
美术编辑　李彦媛
责任校对　周娜娜　陈曼榕
印前制作　麦林书装

出版发行　广西人民出版社
社　　址　广西南宁市桂春路6号
邮　　编　530028
网　　址　http://www.gxpph.cn
印　　刷　广西大一迪美印刷有限公司
开　　本　880mm×1240mm　1/32
印　　张　7.5
字　　数　100千字
版　　次　2011年11月　第1版
印　　次　2011年11月　第1次印刷
书　　号　ISBN 978-7-219-07519-7/I·1404
定　　价　24.00元

前言
这本是我出道五年的纪念作

几个月前，我想写一部跟“发展障碍”有关的作品，源自于一个突然冒出的灵感：如果有一个女孩，她的身体不是很完美，她的脑袋不是很灵活，常常脑袋一片空白，那么，她的感情生活将会怎样？

根据我在现实生活里的观察，往往都是可悲的收场，毕竟人类不是有耐心的动物，尤其是雄性。

可是，难道有障碍的人就不能拥有追求爱情的权利吗？

难道就因为身体不完美，爱情就必须遭受各种挫折吗？

就在那一瞬间，我突然有了一种想帮她们扭转命运的想法。

就算现实往往不如意，我也要用我的作品试图改变这个世界。

这个世界总会有奇迹，总会有好男人。

不过另一个问题是，就算她真的遇到了绝种好男人，他们的交往真的就会顺利吗？

当她的憨笨日渐蚕食男朋友的生活和意志，爱情真的不会有消逝的一天吗？

正常人的爱情都会有结束的时候，更何况是一个虽然已经努力改变自己但还是不断出错的笨蛋？

无数纠结的剧情不断在我脑海里打转，我边哭边笑地把那些伤感及幽默的灵感一一化成文字，终于完成了《听说爱情离开过》这部作品。

不知不觉，我已经出版了十三本著作，《听说爱情离开过》距离我的第一本出版著作《台大爱情故事》刚巧相隔五年。这几年一路走来，除了灵感支撑我继续创作下去，大家的支持也是我不放弃的原动力。

在《正妹大学宅男社》出版后，我曾经被外界定型为“搞笑小说家”。然而我本身是个非常忠于灵感的人，当我脑海出现一个可以写成搞笑小说的灵感时，我会顺着自己的思路去写；同样的，当我脑海出现一个感人小说的灵感时，我不会因为外界对我的定型，而把那个灵感写成搞笑小说，或是从此放弃它。

我宁愿写一部不符合我形象的好作品，也不要白白浪费一个好灵感。让一个好故事放在我的大脑里发霉直到告别世界的那天，是一件暴殄天物的事。

就像周星驰，由于他过去的搞笑形象太深入人心了，所以后来当他依据自己的理念推出《功夫》这部电影的时候，因为笑点不像以前的电影那么多，很多人一时之间不能接受，甚至骂他怎么没笑点。但随着几年过去，当周星驰还是坚持自己的理念推出《长江七号》时，观众们渐渐接受了周星驰也可以温馨的形象。

类似的处境也曾经发生在我身上，幸亏随着出版的著作数量越来越多，大家开始扭转对我的印象，原来食冻面真的不只是能搞笑而已。

在未来的日子里，我不会放弃任何一种类型的小说——只要是好的灵感，它飘到哪，我就写到哪。

搞笑，纯爱，感人，热血，恐怖，结合游戏，族群描写……都有可能是我下一本的选择。

目　录

第 01 章　完美帅哥 VS 不完美女生 /001
第 02 章　我这辈子都没办法当一个正常的女孩 /008
第 03 章　我跟男友的“青梅竹马”同居 /022
第 04 章　帅哥跟蠢货在一起是个错误？ /030
第 05 章　芒果男与金橘男 /035
第 06 章　我要当天王巨星背后的女人！ /042
第 07 章　我要当你的守护神 /048
第 08 章　一辈子逆来顺受，那叫欠揍 /054
第 09 章　他来演阿肯，我来演那豆 /062
第 10 章　谁跟你闹着玩 /069
第 11 章　有 Guts 的代价 /075
第 12 章　贵人与情人，谁比较重要？ /083
第 13 章　谢谢你为我写的歌 /088
第 14 章　他遇上快速走红的契机 /094
第 15 章　脱光的男友，身边的人不是我 /098
第 16 章　炒作变成“炒饭” /105

第 17 章　我真的不适合当“排队工读生”/113

第 18 章　我像台妹？/122

第 19 章　所谓的人生，就是胜利总是站在你讨厌的家伙那一方/130

第 20 章　你好，我是弱者/142

第 21 章　去头去尾的记者/152

第 22 章　制造公敌，让她的人生更美丽/158

第 23 章　为了成就某件事，有些人的名誉注定要被牺牲/165

第 24 章　我的王位只有他可以坐，容不下多一个屁股/173

第 25 章　公敌的下场/182

第 26 章　我像失去你心的败犬/192

第 27 章　能让我开心起来的，也只有你/203

第 28 章　环境再怎么糟，我永远爱着你/210

第 29 章　爱你是我唯一的答案/215

第 30 章　偷菜也能救人一命/220

第 01 章
完美帅哥 VS 不完美女生

12 月 31 日晚上十点多，汉海骑摩托车载我来到美丽华（注：指美丽华百乐园，是一家位于台湾台北市中山区的大型综合购物中心），准备待会儿走路到河滨公园，在热闹的气氛中迎接新的一年。

我们在美丽华到处闲逛，短短的一个小时里，就有两个女生跟汉海搭讪。第一次是在我上厕所的时候，第二次是在他排队结账的时候。我坐在椅子上等待，看到不远处的他跟一个女生有说有笑，还交换小纸条。

“刚才那个女生是谁?”汉海回来后，我不悦地问他。

“没有啦，一个路人而已，是个总机小姐。”汉海说。

“你以前就认识她吗?”我问。

“不认识。”汉海答。

“那你怎么跟她有说有笑，看起来像是认识的朋友?”我问。

“我没有主动跟她聊天哦，是她搭讪我的。”汉海澄清道。

“我看到你跟她交换小纸条哎，你们交换了什么？”我问。

“电话号码，还有MSN。”汉海坦白地回答，毫不掩饰。

“你跟其他女生交换电话号码和MSN？你眼里有没有我这个女朋友？”我气愤地质问他。

“惠雅，不要生气嘛。”汉海试图安抚我，“我眼里当然有你啊，但她主动给我，我总不好意思拒绝嘛。”

“你已经有女朋友了，为什么不能拒绝？”我理直气壮地问。

“多认识一个朋友也不错啊。你知道一个事业有成的男人，他的成功三大要诀是什么吗？”汉海说。

“是什么？”我问。

“第一，是人脉。第二，是人脉。”汉海竖起三根手指，用专家的口吻说，“第三，还是人脉。”

“这只是你的借口吧！”我快气死了，“她只是个总机小姐而已，你认识这种人脉，对你将来的事业发展会有什么帮助吗？”

“别这么说，千万别看不起任何一个女生，因为你永远不知道她们什么时候会变成有钱人的老婆。”汉海提出大胆的假设，“万一她将来嫁给大企业的董事长，而我跟她在MSN里成为最好的朋友，说不定她会叫她老公关照我啊。”

“想太多了吧!”我用鼻子喷了一口气。

“只不过是 MSN 名单里多一个女性朋友而已，反正我又不会跟她怎样，最重要的是我喜欢你嘛。”汉海说。

“我会不开心啊。”我说。

“呵呵，不要不开心了，我们去跨年吧。”汉海搂着我，企图大事化小。

“以前其他男生跟我搭讪，我都直接拒绝的。”我认真地说。

“呵呵，我知道，惠雅对我最好了。”汉海说。

汉海和我徒步走到美丽华附近的河滨公园，这里是汉海和我第一次相遇的地方。

一年前的今天，同样是跨年，汉海带着他的朋友来到这里，我则跟着我的同学而来，月老为我们两个牵上红线。

而今天，只有我们两个来到这里，远离了彼此的猪朋狗友，重游旧地享受二人世界。

站在草坡上等待跨年的时候，汉海察觉到我神色有异，温柔地问我:“还在气啊?”

“男朋友跟其他女生交换电话和 MSN，能不气吗?”我说。

“不要生气了。”汉海从口袋里掏出小纸条，揉成一团，然后递给我，“给你处理啰。看你要丢掉、用火烧、下油炸，还是放进巫毒娃娃里，每天用针戳，随你高兴。”

“哼，重点是一开始就不应该跟那个女人交换小纸条，而不是事后交给我处理吧？”我余怒未消。

“对对对，是我不对，是我不对。”汉海装可爱地向我道歉。

“以为装可爱就没事了吗？”我鼓着腮帮子。

“不要生气啦，我准备了一份大礼物。”汉海说。

“大礼物？”我问。

“对，待会儿要送你。”汉海说。

“为什么不现在拿出来？”我问。

“让你先期待一下嘛，呵呵。”汉海笑道。

“十，九，八……”旁边的人开始倒数。

“七，六……”其他人纷纷加入。

“五，四……”汉海和我也跟着一起喊。

“三，二，一！Yeah！新年快乐！”

随着众人的欢呼声，新的一年正式来临，远处开始燃放烟花，伴随着众人更热烈的惊叹与尖叫。

“WOW！”汉海发出欢呼声。

“听说这次的烟花秀总共有 188 秒。”我说。

“不止哦。”汉海道。

“不止？”我纳闷地问。

“对，这次的烟花秀后面还会有一场小秀。”汉海说。

“真的吗？电视新闻怎么没报道后面还有一场小秀？”我问。

“电视新闻不会报，但真的有。”汉海说。

三分多钟的烟花秀结束后，众人陆续离去，我也准备转身离开之际，突然看到河对面出现一堆火光，在同一时间被燃亮。

众人纷纷停下脚步一看究竟，我也好奇地看着那堆火光，原来是数百支被燃亮的仙女棒。定睛一看，才发现那些仙女棒并非随意排列，而是井然有序地拼成了一句话：

“Vita，I love you！”

Vita？

那不是我的英文名字吗？

“看吧，我就说烟花秀后面还会有一场小秀。”汉海顽皮地笑了笑。

“这……这是你安排的吗？”我惊喜地问。

“是啊，Vita 就是你，庆祝我们认识一周年。”汉海说。

我目不转睛地看着对岸那华丽的场景，除了地上排列的仙女棒，我还看到旁边起码站了十几个人。

“你请那么多打工的学生排仙女棒，花了很多钱吧?”我问。

“那不重要。最重要的是你开心。”汉海说。

“汉海……”我欲言又止。

“嗯?”他问。

“I love you，too.”我扑向汉海的怀里，刚才狂忍的眼泪终于从眼角涌出。

“呵呵，不哭不哭。”汉海轻轻地抚摸着我的头颅。

“汉海，谢谢你。”我说。

“呵呵，谢谢我什么?”汉海问。

“我脑袋不灵光，常常忘东忘西，谢谢你接受这么不完美的我。”我说。

“不要贬低自己，你没有这么差。”汉海说。

“我知道我是个不完美的女生，这是事实。”我说。

“别这么说，没有人是完美的，我也不是完美的啊。”汉海说。

“哪有，你明明就很完美，人长得帅，又善解人意。”我道。

“其实我是个很现实的人。”汉海道。

“怎么说?”我问。

“我常常为了更高的薪水，跳槽到其他公司上班，平常又很爱拍老板的马屁，难道这还不现实吗?”汉海说。

“跳槽和拍马屁都是为了讨生活，我不认为是现实。在我心里，你还是很完美。”我说。

“好吧，你觉得完美，那就完美好了。”汉海不再跟我争辩。

“不过，如果你平时能够直接拒绝女生们的搭讪，不跟她们交换电话和 MSN，那就更完美了。”我道。

“哎哟，建立人脉也是为了讨生活啊。”汉海说。

我的爱像信义路，单向行程，从一而终。

你的爱像仁爱路，宽大气派，来者不拒。

第 02 章
我这辈子都没办法当一个正常的女孩

跨年后两天，汉海和我又回到了工作岗位。

我一直有个怪毛病，有时候脑子会处于一片空白的状态，比方说，当想起一件甜蜜的往事，我的手脚就会自动停下来，然后呆在原地沉醉个老半天。

砰！

这一天，我的脑袋习惯性地一片空白，直至杯子的破碎声从地上传来，才把我拉回现实。

“惠雅，你在干什么？”金老板质问我，“你今天已经第二次打破杯子了！”

“对不起，对不起。”我拿起扫帚，赶紧清理布满碎片的地板。

“说对不起有什么用？我要的不是道歉，我要的是不再有杯子碎掉！杯子不用钱买吗？”老板生气地说。

“是，我会注意，我不会再打破杯子了。”我低着头，不敢正视金老板一眼。

“我不会再相信你的承诺了。”金老板看着我，用鼻子喷了一口气，然后冲外场大喊，“汉海！”

汉海听到金老板的叫唤后，快步走进厨房。

“汉海，你女朋友怎么搞的？为什么老是不带大脑上班？”金老板质问汉海。

“金先生，对不起，请你多多包涵。”汉海替我向金老板赔不是，“惠雅因为小时候受过一些创伤，所以才会偶尔恍神，但她不是故意的。”

“我管她受过什么创伤！”金老板不以为然地说，“我花钱是请她来做事，不是请她来恍神的！”

“是是是，对不起，对不起。”汉海挤出笑容，企图平息金老板的怒气，“金先生不要生气，我讲一个笑话给你听好不好？”

“哼！”金老板余怒未消，“你最好能让我笑出来，要是敢讲那些从北极运过来的冷笑话，小心我连你也一起骂！”

“一定好笑，我保证一定好笑。”汉海向天举起三根手指头，信誓旦旦地说，“昨天我弟弟讲那个笑话给我听的时候，我足足笑了五分钟呢。”

“好，你说。”金老板交叉着双手。

“从前有一根冰棒，它厌倦了躲在冰箱里枯燥等死的生活，决定到外面闯一闯。于是冰棒离开了冰箱，在太阳的照耀下尽情地奔跑。跑着跑着，它就蒸发了。”汉海噼里啪啦地说着，只花了五秒钟便说完了这个笑话。

老板嘴巴微微抽动，似笑非笑。

“哈哈哈！”厨房里的员工纷纷大笑。

“哈哈哈！”我也跟着大家一起笑。

“汉海，你的笑话不是不好笑啦，不过你可以慢一点吗？”金老板说。

“对啊，你讲这么快，我刚才差点没听清楚咧。”员工甲附和道。

“在这个追求效率的时代，做任何事都要有效率，讲话当然也要快一点啰。”汉海说。

“少来，你平常做事也没有多快啊，你有这么讲求效率吗？”金老板扬起眉，语带怀疑。

“有，我是很讲求效率的，所以前阵子有两则新闻我实在看不下去。”汉海说。

“哪两则新闻？”金老板问。

“其中一则是吴玉升的新闻，媒体报道他带女人去Hotel，竟然花了好几个小时才出来。另一则是丸经天的绯闻，他就更扯了，他带女人去 Hotel 竟然花了一个晚上！天啊！这两个人做事也太没效率了吧？”汉海摇了摇头，“唉，他们两个应该跟我好好学习。”

“跟你学习什么？”金老板问。

“我每次带女朋友去 Hotel，只要五分钟就可以出来了！”汉海举起五根手指头，得意扬扬地说。

“这并不是一件值得骄傲的事好吗?!”金老板没好气地说。

“哈哈哈哈哈。”其他员工更是笑翻了。

“好啦，看在你还蛮有笑点的分上，这两个杯子我就不追究了。”金老板对汉海说，“管好你的女朋友，叫她记得带脑袋上班!”

“是!”汉海恭恭敬敬地点点头。

金老板回二楼办公室后，汉海拍了拍我的肩膀：“没事啰。”

“对不起。”我内疚地对汉海说，“害你要进来替我打圆场，还要讲冷笑话才能脱身，对不起。”

“没关系，你也不想脑袋突然一片空白，我知道，这不是你的错。”汉海体谅地说。

“我想我还是辞职吧。”我叹了一口气。

“做得好好的，为什么要辞职呢?”汉海问。

“我怕我会打碎更多杯子。”我说。

“没关系，我来赔。”汉海拍了拍胸膛，“万一你再打碎杯子，由我去跟老板说，请他从我的薪水里面扣。”

“这样不好吧?是我做错事，为什么要你来扣薪水呢?”我婉拒。

“没关系啦，疼女朋友本来就是应该的啊。”汉海灿烂地一笑，轻轻捏了捏我的鼻子。

“惠雅。”此时，负责在外场当侍应生的小聪哥跑了过来。

“有。”我马上挺直身子，收起沮丧的心情。

“12号桌的客人点了六杯鲜榨果汁，要马上送过去。”小聪哥对我眨了眨右眼，“他们都喝醉了。”

“好，我马上准备。”我点点头，强迫自己集中精神。

小聪哥是金老板的儿子，在外场当侍应生只是为了熟悉餐厅每个流程的工作情况，之后就会回到管理层了。这种人也就是俗语所谓的“皇亲国戚”，我可不敢在他面前怠慢。

汉海回到外场为客人服务，我则从冰箱里拿出五分钟前刚榨好的新鲜果汁，用最快的速度分别倒进六个杯子里，然后把六杯果汁放上盘子。

“好了，可以送过去了。”我亲切地对小聪哥笑了笑。

“这果汁的颜色……”小聪哥看着那六杯果汁，皱着眉头问我，“鲜榨的?”

“对啊，鲜榨的，那桌客人要鲜榨果汁，不是吗?”我反问他。

“你……唉。”小聪哥对我摇了摇头，不知道在叹什么气，“我先送过去了，他们刚吵着要马上送过去。”

五分钟后，金老板带着小聪哥走进厨房，对我兴师问罪。

"石惠雅！"金老板怒拍着料理台。

"有！"我马上回应。

"你脑袋有问题吗？你平时有没有听我讲话？"金老板质问我。

"有……有啊。"我吞了吞口水，不知道自己又闯了什么祸。

"我以前说过，鲜榨果汁的成本比较高，罐装果汁的成本比较低。所以只要是寒酸的客人，或者是看起来不会再光顾的客人，或者是已经喝醉的客人，一律给他们喝最便宜的罐装果汁就可以了，因为酒醉的人根本喝不出来！"金老板问我，"我没有讲过吗？还是你根本没有听？"

"有……我有听。"我满脸通红。

"你有听？"老板更恼火了，"既然你有听，那为什么还要增加我的成本？"

"我刚才已经一直对她使眼色了。"小聪哥指着我的鼻子，用谴责的语气说，"我跟她说整桌客人都喝醉了，结果她还是倒了鲜榨的果汁。"

"小聪刚才没有说那桌客人已经喝醉了吗？"金老板问我。

"……有。"我低头承认。

"那你为什么还给他们喝鲜榨果汁？你为什么要把我的话当耳边风？你心里到底有没有我这个老板？"金老板用失望的眼神瞪着我，仿佛在痛恨我的不成器。

“对不起，真的很对不起，我忘了这种客人只要给罐装果汁就可以了。”我也很痛恨自己的健忘。

“一天到晚只会说对不起，小事都做不好，道歉有个屁用！你的大脑在哪里？你脑袋有问题是不是？”金老板对我破口大骂。

我再也控制不了眼眶内的液体，两行热泪迅速流过我的脸颊。

“哭啥？自己不带大脑上班，被骂是活该，有什么资格哭？”金老板手叉着腰，依然得理不饶人。

我擦了擦脸颊上的泪水，头也不回地冲出厨房。

“喂！你去哪？”老板在我身后大叫，“你给我站住！你敢再往前走一步，明天就不用来了！”

我拼了老命往前跑，越过餐厅大堂，越过正在擦桌子的汉海，越过收银的柜台，最后冲出餐厅门口。

对不起，我的脑袋可能真的不适合当你的员工。

但我也想说，你的EQ和作风可能也不太适合当老板。

你刚才那句“你脑袋有问题是不是”，伤得我很深、很深。

十六年前，当时的小惠雅只有四岁。

由于社会传统观念的关系，一般家庭的长辈都比较疼男孙，然而小惠雅身处的家族却是个异数。

小惠雅的爸爸和其他叔叔总共为石家生了十二个男孙，唯独小惠雅是女孩，而且还是幺孙。因为“物以稀为贵”，所以小惠雅从出生那一天开始就备受爷爷的宠爱，喝最好的奶粉，穿最好的衣服，睡最好的软床。

这一切看似幸福，却是她人生悲剧的开始。

有一天，雅爸（小惠雅的爸爸）带着老婆和小惠雅来到爷爷的别墅，准备讨论一些家族生意上的安排和人事调动。

这一天，小惠雅的二叔也带了两个顽皮的儿子过来，大儿子叫信业，小儿子叫玉郎。

大人们在客厅沙发上讨论大事，小孩们坐在不远处的电视机前面玩乐。

信业和玉郎从书架上拿出两把鸡毛掸子，一人分了一把，两兄弟开始玩“挥剑杀人游戏”，声音越来越大。

小惠雅看到信业带来的机器人摆在地上，好奇地拿在手上把玩。正在玩挥剑游戏的信业发现自己最心爱的玩具被拿走，心里一阵不快，便从小惠雅手中把机器人抢了回去。

小惠雅随即哇哇大哭。

“喂，谁把惠雅弄哭了？”爷爷问两个男孩。

“信业，是不是你？”二叔问他的大儿子。

“她拿了我的玩具啊！”信业大叫。

“她拿了你的玩具，她应该很开心地在玩啊，为什么还会哭？”爷爷问。

“因为我把玩具拿回来啦。”信业答。

“信业，把玩具让给堂妹！”爷爷威严地说。

“那是妈妈买给我的！为什么要给她？”信业不肯。

“给堂妹！”爷爷命令道，“我不要再听到她的哭声，马上给！”

信业不情愿地把机器人交给小惠雅，小惠雅终于破涕为笑。

“还有，你们两个很吵，可不可以安静一点？”爷爷问两个男孩。

“信业、玉郎，你们两个带堂妹去别的地方玩，别吵着我们谈事情。”二叔向他的两个儿子下驱逐令。

“哦。”

信业和玉郎牵着小惠雅的手离开客厅，来到别墅外面的花园。

花园里到处都是植物和花朵，就是没有玩具。信业觉得这个地方很无趣，他看了小惠雅一眼，突然想到了乐子，于是低声跟弟弟玉郎说起悄悄话来。

两人讲完悄悄话后，玉郎问小惠雅：“堂妹，要不要玩捉迷藏？”

“怎么玩？”小惠雅问。

“很简单，哥哥负责捉我们，我们两个当鬼，要躲起来不让他找到哦。”玉郎说。

“我给你们三十秒时间。”信业闭上双眼，竖起三根手指头，“我数到三十之后，就要开始抓人啰！”

“快跑！”玉郎拉着小惠雅的手，快步离开了花园。玉郎牵着小惠雅的手跑到一间僻静的贮藏室，里面堆满了各式各样的杂物和垃圾。

“你躲到里面。”玉郎指着一个破旧的木柜，示意小惠雅进去。

“这……”看到肮脏的木柜，小惠雅犹豫了一下。

“快！我哥要来了！”玉郎催促道。

“哦。”在玉郎的催促下，小惠雅爬进木柜，瑟缩起来。

“砰！”在外面的玉郎却在这时用力把木柜的门关上，并用杂物堵住木门。

小惠雅以为是游戏，本来不疑有诈，却隐约听到外面传来的笑声。

“哈哈！哥哥，我把她关起来了！”传来玉郎的声音。

“她上当了？”信业跑了过来，问道。

“对，我把她关起来了。”玉郎说。

“哈哈哈！活该！”信业幸灾乐祸地欢呼。

“啪啪啪！啪啪啪！”小惠雅觉得呼吸有点困难，用力拍打着木柜。

“哎，她在里面拍柜子呢。”玉郎的声音。

“不要理她。”信业无情地说。

“救我!”小惠雅眼泛泪光，不断拍打木柜，“啪啪啪!”

“哼，自从她出生以后，爷爷再也没有送过玩具给我们了。”玉郎抱怨道。

“对啊，好的东西都给她，她凭什么?”信业说。

“每次她哭了，不管是什么原因，我们都得挨骂。”玉郎愤愤不平地说。

“死小孩，被关活该，就让她在里面待半个小时吧。”信业俨如上帝，宣判小惠雅应该受到的惩罚。

“啪啪啪！啪啪啪!”小惠雅无助地向外面发出求救信号，遗憾的是，不管她拍得多么用力，外面那两个小恶魔早已铁石心肠。

从那天起，小惠雅再也没办法当一个正常的女孩。

后来，在客厅的大人们察觉到外面气氛似乎有点不对劲，纷纷走到花园角落的贮藏室一探究竟，才发现两个男生把小惠雅关起来了。

大人们打开被杂物堵住的木柜，把已经昏倒的小惠雅抱出来，马上送到医院急救。

小惠雅虽然捡回一命，但由于脑部严重缺氧，导致她往后的成长过程中，出现了很多其他正常小朋友没有的发展障碍。

她会忘东忘西。她的注意力不集中，常常没办法集中精神做一件事。

不要逼她念书，不要叫她上台演戏背台词，那会要了她的命。

她有社交困难和沟通困难，在学校里是个独行侠。她不喜欢交朋友，因为她不知道要怎么跟同学沟通，也不知道可以跟他们聊什么。

偶尔，她的脑袋会一片空白，整个人杵在原地发愣，直到外人叫她，她才会回到现实世界。

医生说她患了广泛性发展障碍（Pervasive Developmental Disorder）。然而在一般同学眼中，她就是个难以亲近的呆瓜，整天当独行侠，孤芳自赏，一点笑容都没有，不知道拽什么。

这个残酷的世界，那些无知的人们，才懒得管她有什么障碍，他们都直接用两个字对她一言以蔽之——

白痴。

只有极少数的人知道，那不是她愿意的。

我沿着忠孝东路一边奔跑一边擦拭眼泪。

有时候，我很想骄傲地跟大家说“我也可以做得很好”，然而脑袋就是不争气，使我最终只能把这句话吞回肚子里。

汉海从餐厅追了出来，追着我跑，终于在第二个红绿灯前把我拦住。

“惠雅，怎么了？”汉海掏出一张纸巾，帮我擦拭一直溢出的泪水。

“刚才金老板在厨房里骂我，骂得很难听。”我说。

“发生了什么事？”汉海关心地问。

“刚才12号桌的客人点了六杯鲜榨果汁，所以我就倒了六杯刚榨好的果汁给他们……”我说。

“12号桌？是客人全都喝醉的那桌吗？”汉海问。

“对。”我点点头。

“他们是已经喝醉的客人，只要给他们罐装果汁就可以了，金老板不是说过了吗？”汉海道。

“对，他说过，但我忘了，所以金老板骂我不带大脑上班，说我脑袋有问题。”我说。

“乖，不哭，我挺你。”汉海轻轻抚摸我的头颅。

“这次还是我的错，做错事我会承认，你不用挺我。”我说。

“不是这样的。”汉海摇摇头，否决了我的自暴自弃，“你只是有一个跟别人不一样的童年而已，你没有做错什么，我知道你一直都想尽力把事情做好。”

我第二次控制不了眼眶内的液体，泪水再度决堤。

“有很多事情不是你愿意的，我懂，我真的懂。”汉海温柔地安慰我，他的笑容很暖，暖得把我的心融化了。

我扑进他的怀抱里，让眼泪肆无忌惮地沾湿了他的衣裳。

你像孔明，总在适当时机出现，能言善道，观貌察色，替我化解危机。

我像孟获，总在关键时刻出错，七擒七纵，屡错屡忘，但我尝试争气。

第03章
我跟男友的“青梅竹马”同居

经过长达一分钟的幸福拥抱后，我先打破沉默。

“汉海。”我叫他的名字。

“嗯?”他的声音依旧温柔，身体依旧具有磁力，牢牢地把我的身体吸住，不欲离开。

“我不回去了。”我认真地说。

“不要这样，回去道个歉就好，金老板会原谅你的。”汉海说。

“我不想再听到他用脏话骂我。”我道。

“就算你不想做了，至少回去拿这几天的薪水嘛。”汉海说。

“我做人做了二十年，过了二十年没有尊严的日子，最近我想改变。”我说，“如果必须听他骂脏话才能领回我这几天的薪水，我宁愿不拿，反正又不是几百万、几千万。”

“我觉得还是不要跟钱作对的好，虽然只有几千块。”汉海说，“这样吧，你不用回去，我帮你开口跟金老板拿就好。”

“不拿也没关系，真的。”我道。

“没关系啦，反正金老板喜欢我，只要我开口，一定可以帮你拿到，顶多被骂几句而已。”汉海说，“我要回去工作了，你先在附近逛逛吧，待会儿我们一起回家。”

“那个……”我欲言又止。

“嗯？怎么了？”汉海问。

“汉海，你刚才不是说挺我吗？”我说。

“对啊，我挺你，我永远挺你。”汉海道。

“既然你挺我，那为什么还回去工作？你不打算跟我共同进退吗？”我问。

“呃……我是挺你没错，但挺归挺，也得赚钱啊。”汉海说。

“谢谢你用嘴巴挺我。”我有点不开心，其他地方就不能打工了吗？

“有钱才能吃饭，才有本钱挺你嘛。”汉海轻柔地抚摸着我的长发，显然没有把我的晦气话听进耳朵里。

两个小时后，汉海牵着我的手回到我们同居的地方。

我们住在三房一厅的公寓，这个公寓是我们跟 Jeff 一起合租的。

Jeff 和汉海是小学的同班同学，也是从小到大最要好的朋友。每次当汉海的人生遇到挫折或瓶颈时，他都会请教 Jeff，而 Jeff 总是能够在最短的时间之内提供最有用的建议。

Jeff目前担任某部八点档电视剧的编剧，由于工作量极大，所以平时除了去电视台开会，其余大部分时间都窝在家里写剧本，几乎足不出户。

也因为如此，照顾他三餐的重任，往往就落在汉海和我的身上。

汉海和我走进家门后，看到Jeff坐在大厅的桌子前，一边听电视，一边埋头用笔记本电脑写稿子。

“喂，先不要写了。”汉海对Jeff说。

“不写不行啦，明天早上就要交，要‘开天窗’了。”Jeff继续写稿，没有抬头看我们一眼。

“晚餐还没吃吧?”汉海问。

“你怎么知道?”Jeff反问。

“你午餐的便当还在桌子上，而且桌子上没有其他食物了，所以我猜你还没吃晚餐。”汉海说。

“对啊，我饿翻了。”Jeff道。

“帮你买消夜回来了。”汉海把食物放在Jeff的面前。

“哇！是我最喜欢吃的卤味！有王子面吧?”Jeff问。

“开玩笑，当然有，我还叫老板放三包咧。”汉海说，“保证吃到你爽。”

“你真是太懂我的口味了，谢谢。”Jeff终于放下手边的工作，边舔嘴边打开卤味的盖子。

“我们做朋友这么久了，当然知道你喜欢吃什么，你以为我这个朋友是假的哦?”汉海说,“反倒是你啦,不够朋友!”

“我不够朋友?”Jeff 把一坨王子面吸进嘴里后,不解地问。

“对啊,你认识那么多电视台的人,怎么都没见你介绍我去演偶像剧啊?”汉海说。

“你说介绍就介绍啊,你什么角色啊?谁要一个没有人认识的小角色去演偶像剧?”Jeff 说。

“我又没说要演男主角,哪怕只是演个跑龙套,每集只能出场一两分钟,我也会很高兴啊。”汉海说。

“好啦,明天我去电视台的时候帮你问一下。”Jeff 说。

“谢谢啰。”汉海举起右手,向 Jeff 敬礼。

“自己人客气什么,你长这么帅,不去演偶像剧也挺浪费人才的。”Jeff 说,“对了,别说我不够朋友,我准备了一份礼物要送你哦。”

“惊喜的礼物?”汉海问,“你不是都在写剧本吗?还有时间给我惊喜?”

“有啦,我叫惠雅去买了。”Jeff 转过头来,对我伸出右手,“买了吧?给我。”

“呃……买什么?”我错愕地看着 Jeff。

“陈绮贞演唱会的票啊。”Jeff 说,“昨天早上你出门之前,我吩咐你帮我买的,结果你昨天忘了买,该不会今天也忘了吧?”

“啊!”我大叫,“天啊!我还是忘了!”

“哎，你怎么搞的啊？连一点小事都做不好。”Jeff生气地说。

“不好意思，我明天再帮你买。”我道歉。

“惠雅，你生活态度认真一点好不好？”Jeff开始教训我，“上礼拜叫你帮我洗衣服，结果你竟然把脏袜子也丢进去一起洗，袜子有很多细菌啊，你不知道吗？”

“还有前天，我忙着写稿，请你帮我下楼领挂号件，你竟然因为收件人是我的真名而不是‘Jeff’，就跟邮差说这里没有这个人，害我要亲自跑邮局一趟。”Jeff喝了一口卤味的汤汁，继续道，“现在更扯，昨天叫你帮我买演唱会的票，结果一买就是两天，竟然还没买回来！你是怎么搞的？跟我有仇是不是？你做事一定要这么迷糊吗？”

“对不起，我真的不是故意的。”我强忍着眼眶里即将掉下的泪水。

“没关系啦。Jeff，我知道你想给我惊喜了，门票我明天自己去买就好。”汉海一边轻拍我的肩膀，一边跟Jeff说。

“要你亲自去买，那还叫惊喜吗？”Jeff用鼻子喷了一口气，转头对我说，“你真的很幸运。”

“怎么说？”我不懂。

“汉海过去每一任女朋友，交往之前我都会帮忙筛选过。他认识你的时候，我人刚好在国外，所以才让你逃过一劫。”

“什么意思？”我问。

“汉海每次交女朋友，我都会先帮他看一下对方的人品，遇到品质比较不好的，我都会劝他不要交往。”Jeff说，“当初你要是让我筛选过，今天你就不会出现在这里。”

“我有这么不好吗？”我很不开心，感觉自己被侮辱了，同时也对他这种以奚落别人来凸显出自己比较优秀的人格感到相当不以为然。

“不是说你不好，但你常常忘东忘西，心不在焉，连我的真名叫什么都不知道，这也是事实吧？你这么迷糊，常常造成我们生活上的困扰哎。”Jeff说。

“如果你觉得我造成你生活上的困扰，那你可以不要跟我们一起住啊。”我生气地说。

我鼓着腮帮子跑回自己的杂物房。

对，你们没有看错，是“杂物房”。

在这个“三房一厅”的公寓里，我并没有一个属于自己的寝室，三个卧房分别为汉海、Jeff和Jeff的男朋友所拥有。

对，你们还是没看错，是“Jeff的男朋友”。

当初因为汉海的房间比较大，能容纳一张双人床，Jeff见我善良可欺，说我晚上可以睡在汉海的旁边，不需要特别拥有一个房间，所以就把我的东西通通丢到杂物房里，哄我住在这个狭小的空间里。

这也是我不想跟Jeff住在一起的原因之一。

回杂物房后，我晦气地把包包丢到地上，汉海走进来安慰我。

“怎么啦？不开心吗？”汉海从后面抱住我。

“我快被你那位‘青梅竹马’的朋友气死了。”我说。

“不要生气嘛，Jeff就是这样，讲话口没遮拦，但他不是故意的。”汉海说。

“他讲话很伤人啊。”我道。

“你就不要怪他了，他最近压力比较大，我相信他将来会慢慢变好的。”汉海说。

“那可不可以等他将来变好了，我们再跟他一起住？”我问，“我们可以搬出去过我们的二人世界吗？”

“我觉得这里的居住条件还不错啊，住得好好的，为什么要搬呢？”汉海显然没有搬走的意愿。

“跟那种人住在一起，哪里好了？”我说，“没错，Jeff是很厉害，他写一集电视剧本所赚的钱就等于普通上班族一个月的薪水，但这不代表他可以管我，命令我做事吧？”

“他忙嘛。”汉海说，“Jeff虽然意见有点多，但他毕竟是我这辈子最要好的朋友，其实他大部分的意见都是为了我们好。”

“是这样吗？怎么我觉得他好像不太喜欢我跟你在一起？”我说。

“没有啦，你想太多了。”汉海道。

“跟他住在一起，我的精神压力很大。”我说。

“没关系，忍耐一下。”汉海一如往常地揉搓着我的头发，安抚我的情绪。

“不能搬出去住吗?”我又问了一次。

“乖，忍耐一下，很快就会习惯了，其实 Jeff 人很好的。”汉海继续抚摸我的头发，像驯猫一样企图驯服我。

你很帅没错，但我可不想一辈子都当猫。

然而在今夜，我还是不争气地被驯服了。

我像歌曲《征服》，臣服于你的帅气。

你像电影《艋舺》，屈服于友情义气。

第 04 章
帅哥跟蠢货在一起是个错误？

经过了半年的蹉跎，Jeff 终于为汉海争取到一个演出偶像剧的机会，虽然只是演配角，但我男朋友已经乐歪了。

为了答谢 Jeff 的帮忙，那天傍晚汉海带着我和 Jeff 去海产店，请我们吃热炒和孔雀蛤庆祝。

Jeff 最近因为赶稿的关系，写了一些脑残的剧情，遭到敌台恶意的大肆报道，所以他心情不是很好，也因此喝了不少酒。

“来，喝!”Jeff 把台湾啤酒倒进我的杯里，半拉半扯地要我陪他喝。

“我替她喝，我替她喝。”汉海拿起我的杯子，替我一饮而尽。

“主角得了癌症，为什么就一定要去看医生？他也可以不去看啊，他不高兴看医生不行啊？你说对不对？”Jeff 把杯中黄汤一咕噜灌进肚子后，醉醺醺地问我。

“呃……对啊。”我附和道。

“不看医生为什么就不能突然痊愈？人生不能有奇迹吗？你说是不是？”Jeff又问。

“呃……是啊。”面对这只随时会发飙的醉猫，我可不敢说不是。

“他妈的！其他电视台就是见不得我们收视好，眼红，一直鸡蛋里挑骨头，到底要怎样啦？”Jeff不快地问我，“你说，那些电视台是不是很古板？”

“呃……是啊。”我附和道。

“来，喝！”Jeff再次把台湾啤酒倒进我的杯里，要我陪他喝。

“我替她喝。”汉海拿起我的杯子，准备帮我挡酒。

“你放手！”Jeff指着汉海，火冒三丈地说，“我是在跟惠雅敬酒，不是跟你！”

“不要这样，惠雅不能喝嘛。”汉海赶紧一喝而尽。

“惠雅，你为什么一杯都不喝？”Jeff问我。

“我不适合喝酒，因为我喝酒会头痛，而且痛得很严重。”我说。

“做人不能这么自私，你没看到汉海快喝醉了吗？”Jeff说。

“我不是自私，我是真的不能喝酒。”我说。

“什么叫不能喝酒？”Jeff用力地放下酒杯，火气都上来了，“汉海帮你挡了这么多杯，你体恤他一下也不行吗?"

"Jeff，没关系啦，我来喝就好。"汉海说。

"你别插嘴！我在教她做人的道理!"Jeff大叫。

"我真的不适合喝酒。"我说。

"很多事情不是不适合就不做，连喝杯酒应酬一下都这么委屈，你是在为难汉海。"Jeff说，"你要知道，将来某一天汉海可能会成为很有名气的天王巨星，你这么不上道，以后怎么陪他出去应酬？你够格当他背后的女人吗?"

"没关系，我可以乖乖当一个家庭主妇。"我害羞地说，"那是我这辈子最大的愿望。"

Jeff摇摇头，"嚯，受不了。"

汉海只是傻傻笑了一下，Jeff也不再逼我喝酒了。

我满心以为今天晚上躲过劫难了，没想到十分钟后，当汉海上厕所之际，Jeff又开始对我嘀嘀咕咕。

"说真的，惠雅，你要加油了。"Jeff道。

"我加油什么?"我有点听不懂他在说什么。

"自古木门对木门，竹门对竹门，帅哥跟蠢货在一起本身就是个错误，将来不会幸福的。"Jeff说。

"什么意思?"我再怎么愚昧，也听得出他是在说汉海和我。

"汉海的条件这么好，他应该配一个素质差不多的女生才对，我觉得你这个人太迷糊了，不太适合他。我只能说……唉，总之你要加油了。”Jeff说。

“这好像是汉海和我两个人之间的事吧？”趁汉海不在，我跟Jeff说白了，“你有什么资格管这么多呢？”

这句话，我足足憋了十个月。

“我没有资格？”Jeff怒拍桌子，大声咆哮，“我跟汉海是十几年的好朋友，我还是他的贵人，为什么没有资格？”

“Jeff，你喝多了。”我不敢顶撞Jeff，现在的他像个喝醉酒的疯汉，随时会掏出武器攻击别人。

“你对汉海的人生一点贡献都没有！你只会妨碍他，害他到处赔罪，替他制造麻烦！”Jeff把他对我的不满全都吐了出来。

“Jeff，你真的喝多了。”我忍住眼泪，用软弱无力的话企图制止他继续说下去。

“哇……”一坨呕吐物从Jeff的嘴里夺唇而出。

Jeff站起来，冲到马路旁边呕吐，桌前只剩下满腹闷气的我。

“怎么了？”汉海从洗手间出来时，看到我拭眼泪，关心地问我。

“没事。”我说。

“真的没事吗？”汉海问我。

“没有。”我把委屈往肚子里吞。

“说出来嘛。”汉海鼓励我。

“刚 Jeff 说我对你没贡献，只会妨碍你，替你制造麻烦。”在汉海的温柔攻势下，我忍不住说了。

“没有，我没有这种感觉。”汉海摸摸我的天灵盖，对我挤眉弄眼，装可爱地说，“不要生闷气啦。”

“我不想再跟他住在同一个屋檐下了。”我说。

“嗯，或许可以搬出去一段时间吧，让大家都冷静一下。”汉海说。

“搬出去？真的吗？”我问。

“嗯，剧组明天试镜，下礼拜就开拍了。”汉海说，“以后在拍戏的每一天，我们不亏待自己，天天住在饭店里！”

“嗯。”我点点头。

好，只要能远离那个人，什么都好。

他像吹风机，把不满直接往别人身上送。

我像抽风机，把负面情绪通通抽进肚子。

第 05 章
芒果男与金橘男

第二天，我和汉海起了个大早。沐浴更衣后，我便陪他前往片场试镜。

我们来到片场的时候，发现门口已经聚集了好几位帅气的花样美男，他们的发色从深红到咖啡，通通都有，他们的眼神从热情到傲气，任君挑选。

他们跟汉海一样，都是来试镜的。

可能是因为同一地点同时出现好几位帅哥的关系，经过的女性路人纷纷盯着我们看。

“哎，很多女生往我们这边看过来呢。”我对汉海说。

“不意外，不要大惊小怪。”汉海神态自若地说。

“什么不意外?”我问。

“从小学到现在，常常都会有女生盯着我看，这有什么好大惊小怪的?”汉海耸耸肩，见怪不怪地说。

“哈哈，你很嚣张嘛。”我说，“不过，你确定她们都在看你吗?”

“你男朋友在外面可是很有身价的，她们当然是在看我啰。”汉海道。

“哈哈，太嚣张了，不过我觉得那些女生好像不是在看你呢。”我偷偷指着不远处某位穿橘色衣服的男生，对汉海说，“她们好像都在看他。”

汉海扬起眉，瞄着那位穿橘色衣服的男生。

他的眼睛炯炯有神，仿如魔鬼的镰刀般随时勾走少女的灵魂；狡猾的嘴角时而上扬，为整张脸更添几分邪气；他笑起来有酒窝，咖啡色的鬈发惹人忍不住想伸手触摸，用手指在卷曲处玩云霄飞车；他的身材壮硕，全身散发着一种诱人坠入爱河的致命吸引力，想必以前已经迷倒过无数人了。

“天啊，好帅！”很少赞美同性的汉海，也情不自禁地开金口了。

“呵呵，还好啦，你比较帅一点。”我说。

月是故乡圆，男朋友当然是自己的最帅啰。

“从小学到现在，我遇到过不少帅哥劲敌，但每次到了毕业总结的时候，班上最受女生欢迎的男生，始终还是我。”汉海说，“不过这一次，当我看到他的时候，我觉得女性观众可能会比较喜欢他。”

“怎么说?”我问。

“因为我感受到落败的压力，我可能会比不上他。”汉海道。

“哎哟，戏都还没有开拍，你不用想太多，谁会大红还不知道呢。”我说。

“他叫方士麟，我朋友。”站在我们旁边的蓝衣花样美男突然搭腔。

“哦。”对于知道“敌人”的名字，汉海并没有太大的反应。

“方士麟可是这次男三的大热门人选哦。”蓝衣花样美男说。

“男三?”汉海不解地问蓝衣花样美男，“男三是什么?”

“我只听过蓝山咖啡。”我说。

“在偶像剧里，男主角就是俗称的‘男一’，男配角就是俗称的‘男二’，而导演已经找到大腕来演男一和男二了。”蓝衣花样美男解释道，“所以我们这些来试镜的小角色呢，就只能演男三、男四、男五、男六、男七、男八，甚至男十。”

“是哦……”汉海说，“那能够演男三的人，不就是我们这群小角色里的龙头了?”

“可以这么说。”蓝衣花样美男道，“能够演男三的人，戏份和对白当然会比男四、男五、男六来得多，这是一定的。”

“幸亏我跟你朋友差不多帅，我应该还是有机会被选中当男三的。”汉海说，“我想机会应该是五五吧，顶多是他六，我四。”

“Sorry 哦，你应该没有机会。”蓝衣花样美男泼了我男朋友一盆冷水。

“怎么说?”汉海问。

“我们拍的这部偶像剧叫《窈窕水男孩》，经常要穿三角泳裤展露身材。脸蛋帅只是基本的，下面也要大才行。”蓝衣花样美男说，“我朋友的下面跟芒果一样大，请问你下面呢?”

“呃……”汉海一脸不好意思。

“跟金橘差不多……”我根据事实替他回答。

如果真的是根据下面大小来决定的话，我想汉海应该是没什么机会当男三了。

十分钟后，我们一干人等走进片场的化妆间。

今天来试镜的总共有六位男生，他们在化妆间补粉修眉后，便到更衣间换上剧组事先准备好的三角迷你小泳裤，然后在摄影机前面站成一排，等候制作人和导演的到来。

不久，制作人蕾姐来到大家面前，她的眼睛老是盯着方士麟的身材不放，一直用眼神非礼着那个壮硕的鬈发男孩。

又过了不久，导演阮哥出现了，于是试镜便正式开始。

“今天第一次跟各位见面，我还不认识大家，你们先自我介绍一下吧。”阮哥对六位男生说。

蕾姐指着方士麟："从左到右，由你开始。"

"大家好，我叫方士麟，进士的士，麒麟的麟。我很喜欢音乐，目前以作曲和作词为生。"方士麟说。

"你叫方士麟啊？那你跟方文山和方大同是什么关系？"阮哥问。

"我跟他们没有关系。"方士麟说。

"我还以为你们是三兄弟，爸爸根据台北市的行政区取名字，大哥叫方文山，二哥叫方大同，三弟叫方士林。"阮哥说。

现场突然吹起一阵冷风，冷得所有人不寒而栗。

花样美男们一一自我介绍，最后轮到站在最右边的汉海。

"换你了，你叫什么名字？"阮哥问。

"我叫汉海，今年二十岁，最近想往演艺圈发展，不排斥任何表演的机会，我的偶像是张小燕。"汉海说。

"张小燕？原来你喜欢年纪比你大的女人啊？"蕾姐暧昧地对汉海笑了笑。

"不，我不喜欢年纪比我大的女人，我只是喜欢看她主持节目。"汉海说。

"哎，小朋友，你的回答很不讨喜哦。"阮哥对汉海说。

"不讨喜？"汉海不明白。

"你的回答太直接，如果蕾姐想要包养你，却听到这种回答，也没办法再问下去了，哈哈。”阮哥开玩笑地说。

“嘿！别闹了！”蕾姐用力拍了一下阮哥的肩膀。

“我看得出蕾姐已经心有所属了，就算她要包养，也轮不到我啦。”汉海说。

“你怎么知道我已经心有所属了？”蕾姐问。

“我甚至已经猜到你会选谁来演男三了。”汉海说。

“话不要说得太满哦。”蕾姐道，“你觉得我会选谁？说说看。”

“方士麟。”汉海斩钉截铁地回答。

“为什么？”蕾姐问。

“刚才你的眼睛大部分时间都停留在他的身上，我想男三应该不可能是其他人了。”汉海说。

“你很聪明，观察力也很强，我喜欢。”蕾姐道，“的确，方士麟的身材比较壮，下体也……嗯，比较大，男三绝对就是他了。”

“噢……”现场顿时“哀鸿遍野”。

“不过呢，”蕾姐说，“汉海，你的条件也不错，你来演男四吧。”

“真的吗？我是男四？”汉海喜出望外地问。

“对，你身材虽然没有方士麟那么好，不过你人很机灵，脸蛋也可以，就演男四吧。”蕾姐说。

“谢谢蕾姐。”汉海兴奋地说。

蕾姐和阮哥根据六位花样美男的身形和个人特质分配

好男三、男四、男五、男六、男七和男八后，接着便把剧本和《节食守则》发给他们。

“在戏里，你们是游泳社的社员，常常要穿泳裤入镜，所以我要求你们控制好自己的食量，以免身材走样。”蕾姐高举手中的《节食守则》，继续道，“这份守则清楚写明了哪些食物可以吃、哪些食物不能吃，请大家一定要遵守。”

“知道！”众人异口同声地回应。

“剧本拿回去之后仔细熟读，小角色也是有灵魂的，不要因为自己是跑龙套，就随便乱演。”蕾姐说。

“知道！”众人异口同声地回应。

“如果你们当中有人表现特别优秀，下次我们开新戏的时候，我会优先录用他，所以请各位好好把握每一个演出的机会。”蕾姐说。

“知道！”众人异口同声地回应。

你像奔往太平洋的海水，干劲十足，前路有无限可能。

我像待在北冰洋的止水，梦想暂冻，乐当平凡小女人。

第 06 章
我要当天王巨星背后的女人!

确定可以在偶像剧里演男配角后，汉海便带我到电视台附近物色长期出租的饭店，准备开拍后马上搬进去长住。

看了好几家饭店，我们都不太满意，最后我们挑了一家比较偏僻的家庭旅馆，虽然远了一点，但价格便宜，而且还有厨房可供煮食。

跟那家家庭旅馆预约房间后，傍晚我们回到家里，汉海坐在客厅的沙发上研读剧本，我则跑到厨房，一边看烹饪书一边练习做菜。

“哟，我没看错吧？惠雅竟然亲自下厨啊！”Jeff 从房间出来尿尿时，发现我在厨房做菜，于是用不可思议的口吻大声说。

你是不是嘴巴长痔疮，不说话会痛？我亲自下厨还需要你来大惊小怪？

“呵呵，对啊，我也是可以亲自下厨的。”我挤出笑容，温柔地说。

有些话放在心里就好，我才懒得说出来得罪他，毕竟古语有云：宁得罪君子，莫得罪……

“怎么了？你是受了什么刺激吗？”Jeff在厨房外面问我。

“我曾经看过一篇文章，在粥董还没有红之前，他妈妈每天都会准备一些食物送给粥董的同事，帮他打点好人际关系。”我边切菜边说。

“所以呢？关你什么事？”Jeff问。

“我决定效法粥董的妈妈！”我放下菜刀，握起拳头，认真地说，“我决定以后每天都煮一些食物送给剧组的人吃，让大家都喜欢汉海，让他的演艺事业更顺利！”

“拜托，别闹了好不好？”Jeff没好气地说，“别人的妈妈下厨几十年，食物好吃，粥董的同事当然有好感。你呢？你煮的东西会不会有毒啊？万一害人家拉肚子，那可是会直接给汉海扣分的。”

“哼，少看不起我。下厨是很讲天分的，别人要花几十年钻研，我搞不好只要花一个晚上。”我不服输地说。

“少来了，就凭你？”Jeff冷笑了一声，“天分是吧？好啊，待会你煮好以后，把食物端出来让我和汉海尝尝，我倒想看看你是天分还是天兵（注：指少根筋）。”

半小时后，我把做好的菜远牛肉和番茄炒蛋端到客厅的桌子上，让两个男生品尝。

汉海和Jeff举起筷子，各夹了一口菜远牛肉送进嘴里。

“怎么样？怎么样？”我紧张地问，像个小学生一样期待老师公布成绩。

“这个嘛……平心而论，还不到难吃的地步啦，但就是少了一点点味道。”Jeff说。

“Baby，你放盐了吗？”汉海问我。

“盐？”我瞪大双眼，捂住嘴巴，“对哦！我忘记放了！”

“不会吧？没放盐？”Jeff翻了翻白眼，差点没昏过去，“凭你这种程度，也想当未来天王巨星背后的女人？”

“哎哟，什么未来天王巨星？讲话不要太夸张好吗？”汉海没好气地说。

“人家第一次煮，太紧张，难免会出错嘛。”我撅着嘴巴说。

“粥董的妈妈要是像你这么迷糊的话，粥董还没红之前大概就已经被老板Fire了。”Jeff说。

“第一次煮得不好，没关系，我相信我以后会越煮越好吃的。”我道。

“惠雅，我劝你还是做最简单的食物就好了，你就别做菜了，免得剧组的人吃你的菜吃到拉肚子，间接害汉海失业。”Jeff说。

“最简单的食物？”我问，“比如说呢？”

“比如说热狗。便利店就有卖了，只要一个面包，放一根香肠进去，然后再加一些酱料就可以完成。”Jeff说，

“就算是再怎么脑残的人，也不可能会弄得不好吃。”

“好吧，为了汉海的演艺事业，我就不冒险了，就请他的同事吃热狗吧。”我说。

偶像剧开拍的第一天，汉海起了个大早，清晨六点多便出发前往片场。

中午时分，汉海用休息的空当拨了一通电话给我。

“Baby，拍戏累不累？”我问他。

“有一点，光是跟前辈学站位、走位和念对白的语气，就已经学了一整个上午，后面还有很多东西要学呢。”汉海说。

“加油哦。”我说。

“谢谢，听到你的声音，我就不累了。”汉海说。

“要不要我送食物过去慰劳大家？”我问。

“我们都在吃便当呢，如果你现在拿其他食物过来，我看大家也吃不下了。”汉海说。

“不然我下午送过去，当做是请你们吃下午茶。”我道。

“我不敢保证他们下午肚子会饿哦。”汉海说。

“没关系啊，送食物只是帮你打点好关系而已，他们不吃不要紧。”我说。

下午三点多，我拎着两大包热狗来到拍摄偶像剧的片场。汉海把我介绍给剧组人员后，我趁势把热狗一一分给所有人。

“这啥？”导演阮哥接过热狗，咬了一口后，皱着眉头问我。

“这是爱心热狗，里面有汉海满满的爱心哦。”我说。

“这真的是热狗吗，怎么冷冷的？”灯光师问。

“哎，这香肠也太冷了吧？咬下去的时候好恶心……”蕾姐厌恶地看着手中的热狗。

“刚买的吗？”导演阮哥问我。

“不，两个小时前买的，我在家里做好才带过来。”我说。

“这东西应该叫‘冷狗’比较贴切吧？”灯光师说。

“不，应该叫‘酸狗’才对。”阮哥说。

“酸狗？”灯光师问。

“番茄酱放太多了，很酸。”阮哥说。

“对啊，整条香肠都是番茄酱，几乎看不到香肠。”其中一个临时演员指着手中的热狗说。

“又酸又冷。”另外一位临时演员附和道。

“好，我决定了！”蕾姐说。

“你决定什么了？”阮哥问。

“我决定了，这食物就叫‘酸冷狗’。”蕾姐用权威的口吻为我的食物命名。

“还蛮好吃的。”就在众人嫌弃的同时，却有一个小孩独排众议，“番茄酱好多，我喜欢。”

我低头一看，独排众议的小孩叫小胖，是蕾姐的儿子。

“姐姐，明天还会有‘酸冷狗’吗?”小胖问我。

“呃……有啊，明天我还会带热狗过来。”我答。

“你明天带给小胖就好，不用带给我们了。”阮哥直接拒绝。

“对啊，不用算我们的份了，我可不想拍戏拍到一半拉稀。”男主角说。

“其实你明天带一瓶番茄酱过来给小胖就可以了。”蕾姐说。

“为什么?”我问。

“因为我儿子喜欢吃的是番茄酱，而不是你的‘酸冷狗’。”蕾姐说。

我为大家准备的热狗遭到如潮劣评，众人纷纷把手中的热狗丢进垃圾桶，便陆续散去。

只剩下汉海站在我的面前。

“唉，真挫败啊。”我撅起嘴巴，沮丧地说。

“没关系啦，你有这个心，我就已经很满足了。”汉海拍拍我的肩膀，贴心地说。

“好吧，至少还有一个小朋友觉得好吃，也不算完全失败啦。”我自己安慰自己。

你像古墓里的宝物，总有一天会让世人惊叹。

我像古墓外的水银，守护你直至举世瞩目时。

第 07 章
我要当你的守护神

《窈窕水男孩》是一部经常出现性感男体镜头的励志热血偶像剧，剧情发生在某所大学的游泳社，讲述社员们为了参加台湾游泳大赛而努力奋斗的故事。

由于剧情需要的关系，剧组跟台北一所大学租借场地拍摄。

学校的游泳池自然而然地成了主要的拍摄地点，校园里各大美景也成了男女主角邂逅和社员们发生冲突的地方，至于有冷气的教师休息室，校方也很慷慨地借给我们，作为剧组平时休息的场所。

蕾姐的儿子小胖也客串了一个小角色，戏份不多，饰演女主角的弟弟，所以小胖每天下课后都会跑来剧组待命兼写作业。

我每天陪汉海拍戏之余，也会顺便为小胖准备一些食物，不过不再是“酸冷狗”，而是番茄牛肉面、番茄炒蛋之类的食物。

一天，小胖在教师休息室享用我特制的番茄酱意大利面时，蕾姐突然走了进来。

“嗨，金橘嫂。”她主动跟我打招呼。

“蕾姐好。”我恭敬地回她。

“小胖最近常常在我耳边夸奖你哦。”蕾姐说。

“真的吗?”我受宠若惊地问，“他都夸奖我什么?”

“他说你弄的食物越来越好吃了。”蕾姐说。

“不敢当，不敢当。”我谦虚地说。

“真的很好吃。”小胖指着正在吃的意大利面，竖起了拇指。

“看小胖吃得津津有味的，你该不会在食物里放了超量的番茄酱吧?”蕾姐开玩笑地问我。

“没有，没有。”我说，“我做菜以健康为主，尽量少油炸，而且里面放了很多蔬菜，当然番茄是必备的，因为小胖喜欢吃番茄。”

“哦，让我尝一口看看。”蕾姐对小胖说。

小胖让座给蕾姐，并把叉子递给她。

蕾姐用叉子卷起意大利面和旁边的胡萝卜，一把放进嘴里细嚼，随着牙齿的弹动，眼神逐渐流露出幸福的信号。

“不错不错，小胖说得对，你煮的东西果然变好吃了，酱料和意大利面之间的调味完全恰到好处。”蕾姐道，

“比你第一次做的‘酸冷狗’好吃太多了。”

“因为我发现自己没有煮菜的天分，所以我每天苦练，希望能够靠后天补上。”我说。

“想法不错，我喜欢你这样的人，比那些没有天资却又不肯努力的人好太多了。”蕾姐说，“对了，金橘嫂，你要不要来我们剧组打杂？”

“打杂要负责哪些工作呢？”我问。

“什么都要做，倒茶、打扫、拿演员的戏服去洗、帮大家买便当，诸如此类的，还有帮我照顾小胖。”蕾姐说。

“可是我没有照顾小孩的经验，我怕我不会照顾啊。”我说。

“以前我也没有照顾小孩的经验，但自从把小胖生下来之后，自然就学会照顾了。”蕾姐对我说，“我看你几乎每天都会来陪金橘先生，而且小胖还蛮喜欢你的，干脆来打工赚点钱。”

“我怕我没办法胜任。”一想到以前打工老是犯错挨骂，我就觉得没自信。

“难得小胖这么喜欢你，我真的希望你可以帮我这个忙。”蕾姐说，“我每天要忙这部戏，实在没办法好好照顾小胖，但如果把他交给不熟的人照顾或送去安亲班（注：指父母因工作忙而将孩子托付到的一种专门督促孩子学习的场所），我又不放心。”

“我需要一点时间考虑一下。”我说。

其实我也很想帮她这个忙，但问题是我常常精神不集中，偶尔还会脑袋一片空白，万一犯了什么严重的错，我怕会影响到汉海的事业。

“……好吧。”蕾姐说，“没关系，我给你时间考虑。”

晚上回到家庭旅馆，我在 Youtube 网站发现一首好听的歌。

“汉海，这首歌很好听呢!”我指着屏幕，朝洗手间的方向喊道。

“真的吗?”汉海停止了对着镜子训练演技的动作，转头问我，“什么歌?”

“叫《I can fly》，我哼给你听。”我唱道，“I can fly, I'm proud that I can fly, to give the best of mine, till the end of the time.”

“呃……这首歌叫《Proud of you》啦。”汉海说。

“是吗? 不是叫《I can fly》吗?”我说，“歌词一直‘I can fly’来、‘I can fly’去的，我还以为歌名叫《I can fly》呢。”

“拜托，哆啦 A 梦的主题曲也一直昂昂昂啊，难道歌名就叫《昂昂昂》吗?”汉海没好气地说。

“啥?”我惊讶地问，“哆啦 A 梦的主题曲不是叫《昂昂昂》吗?”

“当然不是啦。”汉海道，“请不要因为一首歌某个地方最好听，就帮它乱取名字好吗?”

“好啦，知道。”我道，“对了，汉海，今天蕾姐在教师休息室邀请我进剧组打杂。”

“真的?”汉海雀跃地说，“恭喜你，蕾姐这么看得起你。”

“不过我觉得她的要求好像有点过分。”我道。

“怎么说?”汉海问。

“她希望我打杂，样样都做，但同时又希望我帮忙照顾小胖。”我说，“那不就是打杂兼保姆，身兼两职了吗?”

“老板的观念就是这样，老是希望只出一份薪水，找到能身兼数职的人。”汉海说，“我倒觉得她的想法很正常，毕竟她是在这个势利的社会长大的。”

“如果我真的答应她，我想我会累死吧。”我说。

“你没答应她吗?”汉海问。

“还没。”我说。

“这可是大好机会，你为什么不答应她呢?”汉海惊讶地问。

“呵呵，为了让她对我的好印象不会彻底破灭。”我说。

“怎么说?”汉海问。

“你还记得金老板吧?”我道。

“记得。”汉海点点头，“金老板怎么了?”

“在我还没有当餐厅员工之前，金老板对我很有礼貌，但自从我帮他做事后，他对我再也没有好印象了。”我说。

“不一定啦，毕竟蕾姐不是金老板。”汉海说，“而且如果你待在剧组，可以认识更多朋友，吸收更多社会经验。”

“如果我答应加入剧组，只会是因为‘那个原因’。”我说。

“哪个原因?”汉海问。

“我想陪你。”我说。

“其实我也想时时刻刻看到你。”汉海贴心地说。

“这……”我犹豫了几秒，终于作出决定，“好吧!”

“你决定答应蕾姐了?”汉海问。

“嗯。”我点点头，“我想陪你一起闯事业。”

劳方像奴隶，一薪多用是王道。

我像守护神，一心一意陪着你。

第 08 章

一辈子逆来顺受，那叫欠揍

第二天早上，我陪汉海抵达片场，正式答应蕾姐邀请我打杂（兼保姆）一事，没想到这却是噩梦的开始。

刚当杂工的那两天，小胖和我相安无事，相处还算愉快。但随着时间过去，小胖发现我是一个善良可欺、打不还手的女生之后，便开始把我当成发泄压力的“玩具”。

“姐姐，送你。”一天傍晚，小胖吃完我特制的晚餐后，把一份包好的礼物递到我面前。

“送给我的吗？”我半信半疑地问。毕竟小胖最近变顽皮了。

“对啊，感谢姐姐常常煮东西给我吃，所以送给姐姐的。”小胖诚恳地说。

“谢谢啰。”我开心地说。

我从小胖的手里接过礼物，打开一看，突然三只蟑螂从礼物盒里爬出。

“啊！蟑螂！蟑螂！”我吓得丢下礼物，拼命甩手，用力把手上的蟑螂甩掉。

“哈哈哈哈哈！白痴！”小胖指着我大笑。

“啊——不要——啊！”有一只蟑螂不但没被甩掉，还迅速爬向我的肩膀，吓得我不断大叫。

此时，正在休息室角落用笔记本电脑作曲的方士麟抬头看了我一眼，没好气地说：“哎，你打扰到我了，可以安静一点吗？”

“哈哈哈哈哈！有人被骂啰。”小胖指着我的鼻子，幸灾乐祸地大笑。

“这就是你感激我的礼物吗？”我畏惧地拨掉肩膀上的蟑螂，生气地问小胖。

“我觉得这些小动物很有趣，所以才送给姐姐的啊。”小胖说。

“一点都不有趣好吗？”我气炸了。

“姐姐，不要生气嘛，我们来玩怪兽游戏好不好？”小胖说。

“什么怪兽游戏？”我问。

“你看我玩一次就知道了。”小胖神秘地笑了笑。

小胖突然爬上教师用的办公桌，状甚兴奋。我赶紧上前制止：“哎，你想干吗？”

“破坏！”小胖大叫了一声，然后用力往桌上的笔筒一踹。

笔筒里的回形针、圆珠笔、修正液和其他文具四处散落，有些掉到地上，有些飞得老远。

“你干吗啊？赶快下来啊。”我一边捡地上的笔，一边用嘴巴制止他。

“哈哈哈哈哈！我现在是怪兽！哈哈哈哈哈！”小胖把双手握成拳头，用力敲着自己的胸膛，假装自己是怪兽，然后往桌上堆放的书本用力一踹，“破坏！”

桌上的书本纷纷掉到地上，每一本都沾了小胖的肮脏鞋印。

“小胖！不要玩啦，快点下来。”我一边捡地上的书本，一边求他停手。

“破坏！”小胖依然故我地扮演着怪兽的角色，然后一脚把教师桌上的玻璃杯子踢到地上。

“砰！”玻璃杯子碎了。

“小胖！”我大叫，“不要再破坏了！你打破别人的杯子了！”

小胖没有理会我，继续在教师桌上扮演怪兽。

此刻，正在用笔记本电脑作曲的方士麟再次抬起头，不悦地对我说：“小姐，我作曲的时候很需要一个安静的环境，可不可以请你不要再大叫大嚷了？”

“对不起，我不是故意的。”我向方士麟道歉。

“唉。”方士麟摇了摇头，继续埋首创作。

我转头，气愤地瞪了还在桌上的小胖一眼，却发现他已经把裤子脱掉了。

“姐姐，你看你看。”小胖指着自己的小弟弟，骄傲地说，“我有小鸡鸡，你没有！哈哈哈哈哈，你没有！”

“你快点下来，我要生气了！”我恼火地说。

“哈哈哈，姐姐没有小鸡鸡！哈哈哈哈哈！”这家伙显然没有把我的话听进耳朵里。

我的理智线彻底断裂。

“不要再跳了，你再不下来，姐姐真的要生气了！”我警告道。

“嘻嘻，你是女生，你没有！嘻嘻嘻，你没有！”小胖叉着腰，一边向我展示和炫耀，一边在桌上跳来跳去，好不骄傲。

“小姐，你这么温和，他会理你才怪啦。”方士麟第三次抬起头，没好气地对我说。

“不然我能怎么做？”我无助地问他。

方士麟没有回答我，却从杂物处拿起一支鸡毛掸子。

“下来！”方士麟一边晃动手中的鸡毛掸子，一边命令桌上的小胖。

小胖看到方士麟怒发冲冠的模样，吓得马上停止跳舞的动作。

“有小鸡鸡很了不起是不是？”方士麟拿着鸡毛掸子，对准小胖的下体不断挥舞，有好几次差点挥中他的小弟弟，“说！你是不是觉得有小鸡鸡很了不起？”

“不是，不是，哥哥不要打，不要！”小胖吓得用双手挡住小鸡鸡，向方士麟求饶。

“马上给我下来！”方士麟下最后通牒，“你再不下来，我就用这支鸡毛掸子跟你的小鸡鸡玩比剑游戏！”

小胖吓得脸无血色，立刻从桌子上跳下来。

“马上穿好裤子！把地上的文具和书本捡起来，放回原位！”方士麟命令道，“还有，把地上所有的碎片打扫干净！听到没有？”

“……听到了。”小胖不情愿地看了方士麟一眼。

“下次再让我看到你在女生面前晃小鸡鸡，我就把它剁掉！”方士麟说。

小胖撅着嘴巴，穿好裤子后，不乐意地蹲在地上收拾散落一地的文具和书本。

“小姐，你这样不行啊。”方士麟把我拉到角落，低声对我说，“有些小孩的确是可以温和对待的，但对有些小孩就是要强硬，你温和对待他们，就只会被他们欺负而已。”

“他是蕾姐的小孩，我哪敢强硬。”我低声说。

“那又怎样？他是蕾姐的小孩，所以他就可以肆无忌惮了吗？所以他就可以目无尊长了吗？”方士麟不以为然地说。

“虽然我比一般人笨，脑袋比较不灵光，但我还知道蕾姐是大牌，不能随便得罪。”我说。

“干吗为了害怕得罪别人，而让自己过得没有尊严?”方士麟不认同我的观点，“工作会过去，钱再赚就有，但你今天活得没尊严，却会影响到你以后的人生，你这辈子都会变成一个为了赚钱可以随时抛弃自尊的奴隶!”

我又不是不食人间烟火，为了男朋友的演艺之路，没尊严也得往肚子里吞啊。

“你为了尊严，从小到大应该得罪了不少人吧?”我好奇地问他。

“哈哈，这倒是真的。”方士麟笑道，“这五年来，我已经换了七家唱片公司了，你可以想象我这些年来得罪过多少人。”

“啥？五年换了七家?”我惊讶地问。

“对啊，我一直很想出唱片，成为一个真正的歌手，但因为老是跟那些唱片公司的老板理念不合，经常跟他们吵架，所以唱片公司也换来换去，这几年来已经失去好几次出唱片的机会了。”方士麟耸了耸肩，无奈地说。

“昨天我在化妆间听到你唱歌，老实说还蛮好听的呢。如果你出唱片，应该可以大红。”我道。

“快了。再过不久，我就可以出唱片，干掉台面上那群假模假样的歌手了。”方士麟满怀雄心壮志地说。

“真的吗？你终于要出唱片了?”我问。

“真的，唱片公司安排我来这里当配角，就是为了帮我增加曝光的机会。”方士麟说，“将来这部偶像剧上档之后，我的唱片就要趁势上市了。”

“恭喜你啊！”我雀跃地说，却又担心起来，“不过，难得你有这个曝光的机会，你刚才为什么还要冒险得罪蕾姐的儿子呢？你不怕他跟他妈妈告状吗？”

“见你老是被他欺负，我看不过去。”方士麟说。

“没关系啦，我从小到大被欺负惯了，小时候常常被堂兄们欺负和看不起，所以现在被小孩子欺负也没什么感觉了。”我说。

“你不能一辈子逆来顺受。”方士麟说，“小时候你被堂兄欺负，那叫忍让，毕竟你当时还小，可能也没有什么能力去反抗。但你现在已经二十岁了，还让一个八岁的小孩子欺负？这叫欠揍！”

“你讲话有点重啊。”我说。

“像你这种对自己不好的人，我看了就气，所以我讲话也不必太客气。”方士麟说。

“好啦，我承认你说的有一点道理，我可能真的有一点欠揍吧。”我说。

“你也可以不用欠揍。”方士麟把鸡毛掸子递给我，“以后小胖不把你的话听进耳朵里，你就对他凶一点，凶到他不敢再欺负你为止。”

“可是我从小到大都没有凶过别人呢。”我说。

“没关系，你可以尝试看看。”方士麟说，“万一尝试之后，真的凶不起来，你可以找我，我帮你摆平他。”

“不好吧？我怕你会得罪蕾姐。”我说。

“我才不怕，真的。”方士麟说。

“不用了，既然我接了保姆这个工作，这个小孩我自己来凶就好。”我说。

“真的不用我帮忙？”方士麟问。

“不用。”我说，“你已经等了五年，好不容易才等到这个曝光的机会，我可不想害你失去曝光和出唱片的机会。”

你像我梦里的勇者，挺身而出，展现着我渴望拥有的魄力。

我像游戏里的公主，无助待救，心里也期望自己能当勇者。

第 09 章
他来演阿肯，我来演那豆

往后的日子，小胖变乖了，尤其当方士麟在教师休息室作曲作词的时候。

如果方士麟不在教师休息室，小胖偶尔也会捣蛋任性，但比起上次已经收敛了很多，至少不会爬上桌子扮演怪兽，或是肆无忌惮地展示他的“男生之美”。

不过，写作业对小胖来说是一件无聊的差事，所以满脑袋鬼主意的他，总是会想办法找乐子。

“姐姐，写作业好无聊哦。”一天下午，正在写作业的小胖又开始抱怨了。

“还是得写啊。”我用三秒胶固定住红布条上的“欢”字，这条红布条是剧里某个场景会用到的道具，全句是“欢迎校长莅临游泳社”。

“姐姐，我们来玩游戏好不好？”小胖问我。

“什么游戏？不行哦，起码做完作业才能玩。”我拿起剪刀，小心翼翼地剪着“迎”字。

“可是真的很无聊啊。”小胖建议，“姐姐，不然这样好不好，等我写完英文之后，我们来玩两分钟。”

“那等你写完英文再说吧。”我道。

我继续剪纸做红布条，不到两分钟以后，小胖对我说：“姐姐，我写完英文了。”

“这么快？”我问。

“对啊，你可以检查看看。”小胖把他的英文作业递给我。

我放下手中剪纸，接过他的英文作业，仔细检查了一遍，看到他果然写完了，而且一题都没有错。

“姐姐，我写完英文了，我们来玩游戏吧。”小胖说。

“不行，全部功课写完才可以玩。”我说。

“可你刚才已经答应人家了嘛，你不能耍赖。”小胖说。

“我没有答应哦，我刚才说的是‘等你写完英文再说’，这句话不表示我答应。”我说。

“我不依啦，我不依啦！”小胖跺脚捶胸地说，“回到家里没有人会陪我玩，只有在这里你可以陪我玩。”

“你可以叫妈妈陪你玩啊。”我说。

“我妈妈很严肃，她才不会跟我玩游戏。”小胖道，“姐姐，陪我玩两分钟嘛，好不好？”

小胖用渴望加无辜的眼神看着我。

“只能两分钟。”我说，“两分钟之后就要继续写功课啦。”

“Yeah！太好了！我们来玩游戏！”小胖兴奋地大叫。

“怎么玩？”我问。

“玩法很简单，我来演阿肯，你来演那豆。”小胖说。

“怎么玩呢？”我问。

“玩法很简单，只要准备一本很厚的书就可以了。”小胖语毕，从桌上拿起一本很厚的课本。

“那到底怎么玩呢？”我问。

这个小孩怎么老是答非所问啊？

“好，游戏开始，你先说一句话吧。”小胖道。

“要说什么话？”我问。

“随便，你想说什么都可以，随便说一句话。”小胖道。

“今天天气不错。”我说。

“不错个屁啦！”小胖突然爬到桌子上，拿起课本往我的头颅用力砸，“你这个烂人！不错个屁啦！不错个屁啦！不错个屁啦！”而且连砸好几下。

“喂！你干什么？”我举起右手，挡住他的攻击。

“我在演阿肯，阿肯在电视里就是这样一边打那豆一边骂他的啊。”小胖说，“而且那豆不会用手挡哦，所以你也不可以用手挡。”

“这个游戏很暴力，我不要玩。”我正色地说。

“暴力个屁啦！”小胖举起课本，往我的脸蛋狠狠砸下来，“你这个烂人！暴力个屁啦！暴力个屁啦！暴力个屁

啦！暴力个屁啦！”

“我说我不要玩！”我生气地大叫。

“哈哈哈哈哈！”小胖指着我的鼻子大笑。

“你听不懂汉语是不是？”我问。

“汉语个屁啦！你这个烂人！汉语个屁啦！汉语个屁啦！汉语个屁啦！汉语个屁啦！”小胖拿起课本，往我的天灵盖连续砸了五六次。

“停手！”我大喊。

“哈哈哈哈哈！”小胖指着我的鼻子大笑。

“姐姐要生气了！”我恼火地说。

“生气个屁啦！你这个烂人！生气个屁啦！生气个屁啦！”小胖没有理会我，继续砸我的天灵盖。

我用力抓住小胖的右手腕，总算阻止他继续打下去：“姐姐的天灵盖很脆弱，不要再打了。”

“脆弱个屁啦！”小胖突然挥出左手，往我的脸颊连扇好几个巴掌，“你这个烂人！脆弱个屁啦！脆弱个屁啦！脆弱个屁啦！”

我感受到这辈子最大的羞辱，同一时间，我的眼角瞄到杂物处的那支鸡毛掸子。

那支鸡毛掸子使我想起方士麟曾经对我说过的那番话。

“你不能一辈子逆来顺受……这叫欠揍！”

我放下小胖的右手，飞奔到杂物处，拿起那支鸡毛掸子，然后缓缓走向他。

“你……你干吗?”小胖语带畏惧地看着我手中的鸡毛掸子。

“你觉得打人很好玩是吗?”我反问他。

“我是小孩子，姐姐不可以打小孩子哦。”小胖警告我。

“我没有要打你，我只是想问，你是不是觉得打人很好玩?”我问。

“没有，我不觉得，我只是在模仿阿肯而已啊。”小胖说。

“阿肯和那豆是因为没辙了，所以才会用打人的方式来增加笑点，这种行为一点都不值得你模仿好吗?”我没好气地说。

“嗯，我知道了，姐姐可以把鸡毛掸子放下吗?”小胖说。

“你保证不再打我，我才放下哦。”我说。

“好，我保证不打你，我发誓。”小胖说。

我把鸡毛掸子放在桌上，同一时间，小胖再次拿起课本往我的头颅用力砸:“保证个屁啦！你这个烂人！保证个屁啦！保证个屁啦！保证个屁啦!”

我愤怒地握着拳头，忍无可忍了。

我是一个有血有肉的人，我不是你的玩具!

我拿起桌上的鸡毛掸子，往小胖的右手用力一扫。

“哎哟!”小胖捂住右手喊痛，吓得立刻跳到地上。

“你不是保证不打我吗？嗯?”我杀红了眼，往小胖的左脚连续扫了两下。

“快停手！我要告诉妈妈啦!”小胖瞪着我，他用眼神告诉我——他一点都不怕我。

“不要拿你妈来压我!”我说。

“拿我妈来压你又怎样？你只是我妈妈的工人而已，是我妈给你钱照顾我的，你凭什么打我?”小胖嚣张跋扈地说。

“虽然你妈妈很有能力，但不代表你可以作威作福!”我气愤地往他的肩膀扫了一下，我平生最痛恨这种狐假虎威的小孩。

“呜哇……妈妈……”小胖哭着夺门而出。

两分钟后，蕾姐带着啜泣的小胖来到了教师休息室。

“金橘嫂!”蕾姐拍桌大叫。

“有。”我吞了吞口水，心知大事不妙。

“你为什么要打我儿子?”蕾姐质问我，站在她旁边的小胖却向我扬起得意的笑容，准备迎接复仇成功的一刻。

在休息室的门外，站满了整个剧组的人。他们脸上挂着看好戏的表情，等待着我的回答，等待着一顿已经可以预期的痛骂，等待着社会最底层的人终究还是要屈服于有权力的人。

而在一众期待的眼神里，有一个男生的神色特别凝重。

当然，这个男生就是汉海。

你像纳粹军，恃着强权的撑腰，痛宰善良可欺的羔羊。

我像革命军，踏出反击的脚步，惹毛不明就里的母狮。

第 10 章 谁跟你闹着玩

“是小胖先用书本打我的。”我说。

“小胖，有没有这回事?”蕾姐问她儿子。

“那是游戏啊。”小胖捏造事实地说，“刚才我跟姐姐玩游戏，说好了谁输就要接受惩罚。后来她输了，我用书本轻轻打了她一下，她却不服输，说我作弊，然后就拿鸡毛掸子打我了。”

“你哪是轻轻打？小孩子不要撒谎!”我激动地说。

“我没有撒谎。”小胖临危不乱地向他妈妈展示手脚上被鸡毛掸子打过的伤痕，“姐姐刚才发了疯似的拼命打我。”

“你有没有用鸡毛掸子打我儿子?”蕾姐质问我。

“有，但是……”我说。

“不要但是。”蕾姐打断了我，“打人就是不对，这个儿子连我自己也舍不得打，你凭什么打他?”

“他刚才一直拿书本打我的头，还扇我巴掌。”我说。

“是吗？我怎么没看到你头上有被打过的痕迹？我儿

子身上的伤痕可是铁一般的事实哦。”蕾姐指着我鼻子说，“不要再狡辩！你现在马上跟我儿子道歉！”

“我没有狡辩，是小胖先欺负我的！”我气愤地说。

“蕾姐，对不起，这中间可能有什么误会。”汉海从人群中走了过来，站在我前面向蕾姐赔不是。

“不关你的事！”蕾姐说，“做错事的是你女朋友，一人做事一人当，该道歉的是她，不是你。”

汉海靠近我耳边，低声说：“你这次的祸也闯太大了吧。”

“小胖刚才一直打我啊。”我低声回他。

“小胖应该只是跟你闹着玩而已吧？”汉海问。

“闹着玩？”我嗤之以鼻，一股闷气卡在喉咙。

这三个字，让我想起过去那段无助的童年。

十二年前，小惠雅八岁。

小惠雅的爷爷刚过世，把98%的遗产分给了小惠雅的爸爸，这使得其他亲戚很不高兴。

小惠雅的“缺氧事件”，是这笔遗产的重要功臣。因为当年众人把小惠雅送进医院的时候，雅妈坚持要告信业和玉郎，但雅爸为了家族的面子，最后选择了息事宁人，不但不提告，也不索取任何赔偿。

由于雅爸的“大方”，爷爷一直对雅爸和小惠雅感到很愧疚，所以临终的时候，爷爷把98%的遗产分给了雅爸。

但对于其他亲戚来说，没有分到钱，就不会有好脸色。小惠雅成长期间所经历的发展障碍，不但没有获得亲戚们的同情，反而变成了他们嚼舌根时的话柄。

每当这些亲戚跟小惠雅一家人聚餐，他们总会有意无意地对小惠雅的爸爸冷嘲热讽一番，雅爸总是不吭声地照单全收或一笑置之。

而这些冷血的大人们，看到雅爸好欺负，并没有因此放下“屠刀”，而是变本加厉地把气发泄在小惠雅身上，以满足他们嗜血的个性以及口舌之快。

“她是个傻子，不要跟她玩！”趁雅爸在跟长辈敬酒，不远处的大婶直接指着小惠雅的鼻子，对自己的儿子说。

小惠雅听在耳里，满脸通红，但碍于对方是大人，所以她不敢回嘴。

当时的小惠雅不知道自己做错了什么，她只是乖乖地坐在桌子前吃饭，没有贪玩，没有胡闹，也没有干扰大人们的对话，却无辜被冠上“傻子”的罪名。

“认住她的样子，她脑袋有问题。”大婶见小惠雅一脸难堪，并没有因此收手，而是加重语气，再次强调。

大婶的儿子对小惠雅笑了笑，是一种瞧不起人的嘲笑，佐以一个轻蔑的眼神，来自一个只有五岁的小孩的脸上。

小惠雅受辱的表情，成了大婶的“饭后甜点”，也成了家族里其他叔伯分不到遗产后的“解闷点心”。

家族里没有人为小惠雅出头。他们可能是不好意思插手，也可能是抱着看戏的心态，暗爽在心里。最可悲的是，小惠雅最亲的爸爸，也选择了置身事外，以沉默应万变。

小惠雅转头瞄了瞄爸爸，爸爸却没有看她一眼。在这个最需要亲人挺身而出的艰难处境里，她找不到救星，她找不到一个可以依靠的“救生圈”。

大婶的声音明明不小，你是真的没听到，还是假装没听到？

是因为你有听觉上的障碍，还是因为你不想跟亲戚起冲突，让大家都好做人？

同样的情况，同样的侮辱，同样的欺负，出现在每一次家族聚餐时，只是每次奚落的内容稍有不同而已。

有一次在回家的路上，小惠雅终于忍不住痛哭失声。

“怎么了？”雅爸俯视着小惠雅，语气冷漠。

雅爸是个传统的大男人，没有受过任何亲子训练，即使很心疼女儿，他还是不会展现出自己的热情，这也是他和孩子之间永远有一道隔阂的原因。

“今天晚上大婶一直说我是智障，下次我可以骂回去吗?”小惠雅无奈又气愤地问雅爸。

“当然不行，她是你的长辈，你要尊重她，不可以目无尊长。”雅爸威严地说。

“可是她每次都会骂我是傻子，骂我是智障。”小惠雅擦了擦眼泪，难过地说。

“小孩子受一点委屈有什么关系？忍一忍就过去啦。”雅爸说。

“爸爸……”

“嗯?”

“下次你可不可以替我出头?”小惠雅勇敢地说出心里的渴望。

雅爸没有正面回答小惠雅的问题，只是像驯狗一样摸着小惠雅的头颅，“乖，大婶跟你闹着玩而已，不要放在心里哦。”

虽然说“做人要认命”，但在我的内心深处，还是希望自己的男朋友跟爸爸不一样，能够适时地为我挺身而出，而不是适时地委曲求全，长他人志气。

“小胖刚才不是跟我闹着玩，他是已经把我当成一件发泄用的玩具了。”我对汉海说，“他一直用书本打我的头，我是人，我不是玩具啊!”

“死小孩!”汉海听完我的描述后，跟我同仇敌忾起来。

“喂！你们两个窸窸窣窣的，在讲什么悄悄话？”蕾姐道，“不要浪费我的时间，我还有很多事情要做，到底要不要道歉？”

“不要！”汉海和我转头，异口同声地回答。

“石惠雅，我挺你！千万不要道歉！”此时，后方突然传来一个激昂的声音。

众人转头一看，说话者是睡眼惺忪的方士麟。他刚才一直躲在教师休息室隔壁的小房间睡午觉，现在显然是刚睡醒。

“就算要道歉，也应该是小胖这个顽皮鬼先道歉，而不是你。”方士麟说，“顺序不要弄错了！”

你像暖流，总在重要关头给我温暖和支持。

他像冷锋，不管环境多恶劣也要挺我前进。

第 11 章
有 Guts 的代价

“我没有做错事，为什么要先道歉？”小胖理直气壮地问方士麟。

“不要以为休息室只有你和姐姐，没有人看到你胡作非为，你就可以欺负姐姐。”方士麟对小胖说。

“我真的没有欺负她，是她打我。”小胖指着我的鼻子，信誓旦旦地说。

“是吗？”方士麟嗤之以鼻，“刚才我在里面睡觉，就因为你太吵了，害我一直处于浅眠状态，我可是听到你欺负姐姐的全部过程了哦。”

“我哪有欺负姐姐，你不要乱讲。”小胖睁着眼睛说瞎话。

“我刚才明明听到你强迫姐姐玩什么游戏，你说你要演阿肯，强迫姐姐演那豆，然后一直用东西砸她。”方士麟说。

“才没有哩！阿肯又不帅，我演他干什么？”小胖狡辩。

“芒果先生，讲话要负责任哦。”蕾姐对方士麟说，“就算你跟金橘嫂是好朋友，也不能随便捏造事实哦。”

“我没有捏造事实，我发誓我刚才真的听到。”方士麟说，“前几天我亲眼看到小胖欺负石惠雅，他已经不是第一次了。”

“小胖，芒果哥哥说的是不是真的?”蕾姐低下头问小胖。

“没有啊，我很喜欢姐姐，我才没有欺负姐姐。”小胖说。

“你说你听到小胖用东西砸金橘嫂，请问是什么东西?”蕾姐问方士麟。

“我没有亲眼看到，所以我也不确定是什么东西，不过我确实听到了。”方士麟说。

“是书。”我说，并指着桌上的教科书说，“就是这本，刚才小胖就是拿这本书一直砸我的头。”

众人瞧向那本书，它明明是一本新的教科书，封面和内页却已皱得不成书形，明显曾经被人拿来砸过其他物品。

“小胖，你刚才有没有用这本书跟姐姐玩游戏?”蕾姐质问小胖。

“……没有。”小胖犹豫了一下，最后还是选择撒谎。

“没有？最近你每天晚上回到家都会看电视节目，平时还很爱学里面的演员所说的台词，我比较相信芒果哥哥。”蕾姐说。

“……有啦，我是有跟姐姐玩，但我只是轻轻地打她而已。”小胖眼看骗不了，只好狡猾地承认“部分事实”。

“你下手很重啊，就算你只是个小孩子，也不应该乱打人啊。”我鼓着腮帮子，气愤地说。

“我的儿子不需要你来教训。”蕾姐交叉着双手，威严地对我说，“你打我的儿子，我还没有跟你算账。”

“蕾姐，你有没有想过，就是因为你不管小胖有没有做错事，你都一定会站在他那边，今天小胖才会这么目中无人?”我问。

蕾姐叉着腰，瞪大双眼愤怒地看着我，显然我超越了她那条权威的界线。

汉海扯了一下我的衣袖，用眼神示意我停止。

我没有停下来，因为心中有太多话不吐不快：“小胖老是欺负人，将来长大欺负到坏人怎么办?”我问蕾姐，“你老是偏袒他，对他来说真的是一件好事吗?”

“你以为你是谁?”蕾姐恼羞成怒地看着我，“我当妈妈好歹也当这么多年了，你这个黄毛丫头，会比我懂得教小孩吗?”

“……好吧，或许你说得对，我可能真的不懂。”我说，“蕾姐，对不起，这份工作我可能没办法胜任了，我辞职。”

我在众目睽睽之下快步离开现场，蕾姐没有说话，也没有阻止我。

我头也不回地离开校园。踏出校门之际，汉海追了上来。

“你真的要辞职吗？”汉海问我。

“如果蕾姐总是偏袒小胖，我想我也没有必要留下来。”我道。

“就算只是小孩，也不应该乱打人！那个小胖，恃着自己年纪小，大人就必须忍让他吗？”汉海气愤地说，“惠雅，你在这里等我，我去跟蕾姐说清楚！”

“嗯。”

汉海快步走回拍摄场地，我在一块大石头上坐了下来，想些快乐的事情平息自己的怒气。

“石惠雅！”大概过了一分钟，背后突然传来一个声音叫我。

我转头一看，是方士麟。

“你怎么跑来了？”我问。

“没有啦，我只想跟你说一句话，你刚才说得真的太棒了！我支持你！”方士麟握着拳头，热血地说。

“谢谢。”我说，“不过你还是赶快回去吧，待会不是还有两场戏要拍吗？”

“那场戏大概半小时后才拍，不急。”方士麟说。

“别学我没大脑，你还有大好前途等着你，不要得罪剧组了，赶快回去吧。”我催促道。

“你没大脑？哪有？”方士麟纳闷地说。

“怎么会没有呢？像我刚才那样跟蕾姐讲话，我想已经得罪蕾姐了吧？”我耸耸肩，“我这个人就是这样，常常做事不带大脑，事后才来懊恼。”

“什么不带大脑？我倒觉得你不畏强权，很有Guts啊。”方士麟说。

“哪有……现在回想起来，我觉得我刚才似乎有点冲动了。”我道。

“不会啦。”方士麟道，“不过话说回来，为什么追出来支持你的人是我，而不是汉海呢？他不是你男朋友吗？”

“他刚才追出来过了。”我说。

“是吗？”方士麟问。

“是，可能是这里地方太大，出入口太多，所以你没看到而已。”我道，“汉海刚才还说要替我跟蕾姐说清楚呢。”

“真的？”方士麟问。

“嗯。”我点点头。

此时，我的手机铃声突然响起。

“你看。”我指了指手机，骄傲地说，“电话来了，汉海还是很关心我的。”

然而，当电话接通后，我失望了。

“金橘嫂，我是蕾姐。”对方说。

我没想到竟然是她用汉海的手机拨电话给我。

“我收回我所说的话。”蕾姐道，“金橘先生跑来跟我讲道理，我心平气和地想了想，觉得他说的也不是没有道理，我儿子似乎真的有一点娇生惯养，我的确不能再宠下去了，谢谢你们提醒我。”

“嗯，其实我刚才的语气也有一点重，不好意思。”我说。

“我已经在众人面前教训小胖了，我骂他以后不可以再欺负姐姐。”蕾姐说，“以后如果小胖不乖或者欺负你，你可以打他，没关系，我给你这个权力。”

“不了，我已经辞职了。”我说。

“别这样嘛，我需要你帮忙督促小胖。”蕾姐说，“他从现在开始会很怕你，因为我说以后你可以打他和教训他，我不会管。真的，我不会再插手了。”

“谢谢你给我这个权力，但既然我已经辞职，那还是算了吧。”我道。

“金橘先生一直在我旁边叫你答应哎。”蕾姐说。

“汉海叫我答应吗?”我问。

“对啊，金橘先生一直在我旁边嘀嘀咕咕，拜托你回来。”蕾姐说。

“那……好吧……”为了汉海的前途，我也不好意思一直让蕾姐碰软钉子。

“不过你回来的时候要跟我道一声歉哦。”蕾姐说。

“道歉?”我皱起眉头，有点抗拒。

“对啊，你不知道狮子座最爱面子吗?”蕾姐说，“像你刚才那样没有经过我的同意就一走了之，我很没有面子。”

“我也是狮子座的啊。”我说。

“不一样，我是 8 月 7 号出生的，是狮子座最中间的那一天，我的狮子血统最纯。”蕾姐说。

这有什么好不一样的?

“不怕老实跟你说，我也是 8 月 7 号出生的……”我道。

“不一样，就算我们同一天生日，但我毕竟是剧组的老大，总不能你什么事都没做，我就让你回来吧?”蕾姐问我，“这样我的面子往哪里摆?”

“嗯……”为了汉海，我妥协了，“那等一下我在众人面前跟你道歉，让你有面子。”

“那就这样啦，以后小胖就拜托你好好修理修理了，对他严厉一点没关系。”蕾姐说。

挂掉电话后，方士麟好奇地问我：“你 8 月 7 号出生的?”

“对啊。”我点点头。

“那不就是后天吗? Oh，shit!”方士麟说。

“Shit 什么?”我问。

“你的生日还没过，这样我就要送礼物啦。”方士麟开玩笑地说，“如果你的生日刚过，我就不用送礼物了。”

“没关系啦，你可以不用送。”我说。

“一定要的，你这么有 Guts，我把你封为偶像了，当然要送啰。”方士麟说。

你像草原上的母狮，没有生物能跨越雷池，冒犯狮威。

我像被饲养的家猫，终究要为男朋友折腰，谄媚主人。

第 12 章

贵人与情人，谁比较重要？

我乖乖回到剧组，高调地在众人面前向蕾姐道歉，蕾姐也大方地在众人面前原谅了我冲动出走的行为，这场风波就此告一段落。

两小时后，小胖跟妈妈回家，导演放大家去吃晚饭。汉海捧着两个便当来休息室找我。

我们捧着便当躲进休息室旁边的小房间，享受甜蜜的二人世界。

“嚯，你下午真大胆，竟然敢跟蕾姐顶嘴。”汉海咬了一口卤蛋后，对我说。

“后来我也觉得自己很大胆，不过我也只是把自己心里的话说出来而已。”我喝下一口养乐多。

“幸亏你回来了，蕾姐也大人有大量，接受了你的道歉。”汉海说。

“其实我也不是很想回来，只是怕如果一直给她碰软钉子，会影响到你将来的演出机会。”我说。

“小胖还欺负你吗？”汉海问。

“没有了。自从我回来向蕾姐道歉后，小胖就很乖地做功课，不敢再对我放肆了。”我道。

“那就好，有蕾姐罩着你，我想小胖以后也不敢再欺负你了。”汉海说。

“哼，如果他敢再欺负我，我就真的走了。到时候不管蕾姐打多少通电话来求我，我都不会再回来。”我说。

“最好不要一走了之，还是要留点面子给蕾姐的。”汉海说。

“哼，我也是狮子座的啊，她的面子就是面子，我的面子就不是面子吗？”我说。

“唉，没想到你和蕾姐都是死爱面子的狮子座，上天保佑小胖不要再捣蛋了，不然你们就真的要一拍两散了。”汉海说。

“其实我也不是非常爱面子啦，今天只是被气坏了才会发飙。严格来说，我还真的有点不像狮子座。”我道。

“这倒是真的，你平常都忍辱负重比较多。”汉海说。

“可能是因为成长环境的关系吧。”我咬了一口青椒，继续道，“就算是在狮子座最中间的那一天出生，受到成长环境限制的话，性格还是会变得比较不爱面子的。”

“我也这么觉得。你跟蕾姐明明都一样是 8 月 7 号出生，但她就很有霸气，跟你完全是两种类型。”汉海说。

“如果让我当上剧组的老大，我也是可以很有霸气的哦!”我握起拳头，热血的“狮子魂”突然回来了。

“对了，提到8月7号，那不就是后天吗?”汉海说。

“对啊，后天是我的生日。”我点点头，强调了一下这个重要的日子。

“那天也是蕾姐的生日，不知道她喜欢什么样的礼物呢?”汉海托着腮帮子思考。

“哎哎哎，我是你的女朋友哎，你应该先关心我喜欢什么样的礼物吧?”我故意装作生气。

“那又不一样。”汉海说。

“什么不一样?”我问。

“蕾姐是我的贵人，礼物当然要多花一点时间想啰，那可是会影响我的未来哎。”汉海说。

“那我呢?我的礼物就不需要花时间想吗?我就不是你的贵人吗?”我鼓起腮帮子。

“不一样，她是贵人，你是情人。”汉海捏了捏我的腮帮子，“放心啦，我没有忘记你的礼物，而且我已经想好了。”

“我的礼物是什么?”我好奇地追问。

“说出来就没有神秘感啦。”汉海笑道，“后天你就知道了，我敢保证你一定会很高兴。”

生日当天，早上六点当我起床后，经过厨房时，看到汉海正把奶油放在锅中加热。

我揉了揉疲倦的双眼，好奇地问：“你在干吗？”

“我要做生日蛋糕。”汉海答。

“生日蛋糕？”我睡意全消，兴奋地问，“汉海，你亲手做生日蛋糕给我？”

“呃……”汉海面带尴尬地说，“蛋糕不是为你做的，你的生日礼物我早就准备好了。”

“什么嘛……”我嘟囔，“不是为我做的，那是为谁做的？”

“为蕾姐做的，我要给她一个大惊喜。”汉海把火关掉，然后撒了一些白砂糖进锅里。

“为了讨蕾姐的欢心，你一大早起床做蛋糕吗？”我问。

“对啊，剧组没几个人知道蕾姐今天生日，刚好那天她打电话给你的时候我在旁边听到。”汉海胸有成竹地说，“当全世界都忽略了蕾姐的生日，而我不但记得，还送上亲手做的蛋糕时，她一定会把我放在心上，将来新戏缺男主角的时候，说不定马上就会想到我。”

“想太多了，你把自己的演技练好，还怕没机会吗？”我说。

“不对，实力虽然重要，人脉也是很重要的。”汉海把一颗又一颗的鸡蛋放入奶油中。

“真爱拍马屁哎，这么用心在准备送蕾姐的礼物。”我酸溜溜地说。

“你的礼物我也花了不少时间哦。”汉海说。

“真的吗？我的礼物是什么？”我开心地问。

“就在那边。”汉海指了指角落里的纸箱。

我瞄了一下角落，看到一个装水果用的纸箱，没有任何包装。

“那是啥？”我缓缓走向纸箱。

“你的礼物就在里面，昨天晚上我去水果店买樱桃的时候，顺便买的。”汉海用打蛋器搅拌着锅中物。

我打开纸箱一看，原来里面有几十只番茄。

“喜欢吗？”汉海问我。

“这些番茄……就是我的生日礼物吗？”我皱着眉头问。

“对啊，这几天你要帮小胖做食物，就不用特地跑水果店了。”汉海得意扬扬地问我，“怎样？我很体贴吧？”

我翻了翻白眼，体贴个屁啦，“世界上没有哪个女生会喜欢男朋友送这种实用的礼物好吗？”

贵人就像方向盘，你总是把它握得紧紧，生怕错过一分一秒。

情人就像车尾箱，你老是忘记它的存在，有需要时才想起它。

第 13 章
谢谢你为我写的歌

就在我气得很想找只玩具熊好好揍一顿之际，汉海问我："哎，你怎么不打开礼物看一下？"

"不就是一箱番茄而已吗？有什么好看的？"我酸溜溜地说。

"你确定只是一箱番茄而已吗？"汉海神秘地笑了。

"不然还有什么？"我好奇地打开那箱番茄，搜寻了一会儿，发现在番茄底下藏了一张 CD，名为《TV Magic》。

"这是……"我疑惑地看着汉海。

"你最近非常喜欢的那首歌，原曲就在这张专辑里。"汉海笑道。

"你是指《I can fly》吗？"我兴奋地问。

"呃……你又念错了，那首歌叫《Proud of you》。"汉海说，"那首歌容祖儿只是翻唱，真正的原唱人是 Fiona Fung，原曲收录在这张名不见经传的专辑里，台湾的拍卖网站还找不到咧，我特地跑到香港的拍卖网站注册账号，才买到手的。”

“真的？你为了买这张专辑给我，特地跑到香港的拍卖网站？”我开心地问。

“嗯，还越洋转账咧。”汉海问我，“这张 CD，你喜欢吗？”

“太喜欢了！谢谢你大费周章找来这张原曲 CD。”我感动地说。

“嚯，我原本还打算看你惊喜的样子，没想到你却不打开箱子。”汉海撅着嘴巴说。

“我刚才有点生气嘛。”我道。

“不要生气啰。”汉海摸摸我的头，“就是要先让你觉得我好像都没有准备，然后再让你发现真正的礼物，这样才有惊喜的感觉嘛。”

“没有啦，现在没有生气了。”我开心地说，“这份礼物我真的很喜欢，谢谢你。”

中午时分，众人在游泳池旁集合等待开拍，汉海则拿着他亲手做的樱桃蛋糕，鬼鬼祟祟地躲在一个没有人经过的地方等候，仿佛做了什么亏心事似的。

蕾姐来到现场之际，躲在暗处的汉海马上用推车把蛋糕推到大伙儿面前，立即引起骚动。

“蕾姐，祝你生日快乐！”汉海漾起一个真诚的笑容。

“哦……谢谢。”蕾姐一脸惊喜。

“蕾姐，你今天生日吗?”导演问。

“对，今天是我生日。”蕾姐质问导演，“这么重要的日子，你竟然忘了?”

“拜托，我是男子汉大丈夫呀，才懒得去记这些有的没的呢。”导演说。

“汉海也是男生啊，他就很细心。”蕾姐说，“我只在他面前提过一次，而且还是在我跟其他人讲电话的时候，为什么他就记得?”

“汉海不但记得，蛋糕还是他亲手做的哦。”我成人之美，把汉海捧上天堂。

“真的吗? 你亲手做的?”蕾姐雀跃地问汉海。

“嗯，蕾姐平时对我们这么好，我一直感激在心里，不知道该怎么回报。”汉海狗腿地说，“趁今天蕾姐生日，我决定亲手做蛋糕，回馈你这些日子以来的照顾。”

蕾姐听得笑逐颜开，众人却纷纷对汉海投以不屑的眼神。

没有人愿意让汉海继续狗腿下去，所以当导演建议大家为蕾姐合唱生日歌时，霎时间获得一呼百应的效果。

Happy birthday to you,

Happy birthday to you,

Happy birthday to 蕾姐,

Happy birthday to you!

合唱生日歌后，蕾姐在众人的祝贺声中切蛋糕。汉海早上做蛋糕时，在上面放了很多樱桃，所以每个人拿到小片蛋糕时，至少都能够分到一颗樱桃，有些人甚至分到两颗。

我运气比较背，只分到半颗。

我拿着蛋糕走到看台上，随便找了个位子坐下来大快朵颐。看到游泳池旁的汉海和蕾姐打得火热，我内心感到有点不是滋味。

“怎么了？你好像有点不开心啊。”坐在我旁边的方士麟问我。

“没有啦，没有不开心。”我勉强挤出一个笑容。

“心情不好吗？”方士麟瞄了瞄游泳池旁的汉海和蕾姐，仿佛意会过来，“是不是因为金橘先生？”

“没有啦，别想太多。”我试图掩饰。

“今天虽然是蕾姐的生日，但同时也是你的生日啊，我怎么觉得金橘先生好像更重视蕾姐？”方士麟问，“他送了生日礼物给你吧？”

“嗯，他今天早上送了《I can fly》的原曲 CD 给我，我还蛮感动的。”我道，“不过，看到他现在跟蕾姐这么热络，虽然知道他只是为了打好人际关系，但我还是有一点点不开心……一点点啦。”

“好啦，不要不开心了，其实我也有一份礼物要送给你哦。”方士麟转移焦点。

“真的吗？”我受宠若惊地问。

“真的。”方士麟舔了舔嘴唇上残留的蛋糕，放下手中的盘子，从包包里拿出一张CD和一张活页纸。

“送给你，生日快乐。”方士麟把CD和活页纸递给我，“我为你写了一首歌，就在这张CD里，歌词在这张纸上。”

“哦，谢谢。”我芳心暗喜，收下他的CD和活页纸。

“喂！你们吃快一点，要开工了！”此时，看台下的导演催促大家。

“哦。”众人开始狼吞虎咽起来。

“我要去忙了。”方士麟对我说。

“嗯，加油。”我开心地说。

“你要不要‘先听为快’？”方士麟问我。

“我没有带听CD的工具哎。”我耸耸肩。

“没关系，我的iPod先借你听，我已经把这首歌放进iPod了。”方士麟说。

“不用啦，我回家再听就可以了。”我说。

“哎哟，这是你的生日礼物哎，干吗回家再听？先听先享受啊。”方士麟从包包里拿出iPod，“再说，我拍戏的时候又用不到它。”

“好吧，那我听完还你。”我说。

“嗯，慢慢听。”方士麟把iPod塞到我手里。

我把 iPod 的耳机放进耳洞，随着轻快的节拍咬下一口樱桃，浓郁的鲜甜在我嘴里逐渐融化，使我的心情顷刻转好。

我打开活页纸，聆听着他的温柔歌声，品尝着他的细腻歌词。

我祝你天天都当个快乐的人
对那些欺善怕恶的恶狐野狼
你选择不再哑忍
有如一把久眠出鞘的利刃
感到不舒服再也别忍让
觉悟唯有反击他们才不敢再放任

可爱的你生日快乐
惜别懦弱坚强利落
你离开了逆来顺受的故乡
已成为我心头的第一偶像
名为勇者的偶像
花朵般美的偶像
有魄力过每一天
主导自己的人生

你像一瓶糖，总是为我带来甜蜜的意外惊喜。
我像一瓶醋，总是为你跟女生互动感到酸涩。

第 14 章
他遇上快速走红的契机

深夜一点多，汉海带着醉意回到我们住的家庭旅馆。

汉海打开大门后，没有跟我打招呼，没有脱掉鞋子和衣物，便直接倒在床上休息。

“惠雅，给我一条湿毛巾，谢谢你。”汉海有气无力地说。

“嗯。”

我走进洗手间，打开水龙头，一边把汉海的毛巾弄湿，一边好奇地问外面的汉海：“你今天晚上去哪了？怎么这么晚？”

“陪人喝酒。”汉海昏昏沉沉地回答我。

“陪谁？”我追问。

“今天的寿星。”汉海说。

“蕾姐？”我问。

“对。”汉海道。

“就你跟她两个人喝吗？”我问。

“你怎么知道?”汉海反问我。

“为什么只有你跟她?”我心头涌起一股醋意。

“拍戏后，她突然约我去喝酒，我不好意思拒绝她，毕竟她是老板。”汉海说。

我关掉水龙头，离开洗手间，走到床前把毛巾递给他：“刚才跟她喝酒的时候，你们聊了些什么?”

“说出来可能会吓死你。”汉海道。

“有这么严重?”我问。

“有，为了不让你死，我还是不要说好了。”汉海道。

“快说啦。”我催促道。

“蕾姐刚才借着有一点醉意，问我要不要让她包养。”汉海说。

“啥?她想包养你?”我惊讶地问。

“对，不过我没有答应她哦。”汉海语带炫耀，不知道是否是在强调自己对爱情的忠贞。

“怎么回事?蕾姐怎么突然想要包养你?”我问。

“谁知道?她可能爱上我了吧!”汉海耸耸肩、扬扬唇，回答的语气依然充满着炫耀，显然这件事让他感到很得意，“唉，离婚的女人总是容易寂寞啊。”

“如果你今天没有亲手做生日蛋糕送给她，她可能就不会对你胡思乱想了。”我说。

“礼物是一定要送的，毕竟她可以主宰我在演艺圈的命运，反正我没有答应让她包养，你可以放心。”汉海说，“不过呢，我答应了她另外一件事。”

“另外一件事？”我问。

“嗯。”汉海点点头。

“什么事？”我问。

“后来蕾姐说要捧红我，还建议我先跟她炒一下绯闻，一来增加偶像剧的曝光率，二来增加我的知名度。”汉海说，“我见机会难得，所以就答应她了。”

“你和蕾姐炒绯闻？”我的可乐从嘴里喷出，“我有没有听错？”

“没有，你没有听错，就是我和蕾姐。”汉海说，“这样的组合才够哗众取宠，你不觉得吗？”

“炒这样的绯闻可以让你知名度大增吗？”我问。

“当然可以，引发话题是一定会的，毕竟蕾姐是业界内非常有名气的制作人。”汉海说，“大家会因为这段绯闻，知道有我这个人，并开始留意这部偶像剧。”

“听起来果然是一举两得嘛。”我说。

“对，的确是一举两得。”汉海说，“现在的问题是，这一次绯闻的威力会有多大呢？会大到媒体每天追踪报道吗？还是会大到连住在美国的华人都知道呢？”

“想太多了吧！”我没好气地说。

“我才没有想太多，我和蕾姐之间的‘姐弟恋’虽然是假的，但你不觉得很有爆点吗？”汉海信心满满地说，“这么有爆点的绯闻，一定能够造成轰动，这下子我要准备大红了。”

“汉海，你可不可以不要炒这样的绯闻呢?”我问。

“Why not?”汉海反问我。

“你是我男朋友哎……”我说。

“哎哟，反正那只是假的嘛，我不会跟蕾姐假戏真做的。”汉海说。

“但我讨厌那种感觉，虽然那只是假的。”我道。

“惠雅，其实我真的不愿意，但这算是工作的一部分，希望你可以体谅我。”汉海说，“绯闻一出，我的知名度提高了，将来就可以赚更多的钱，到时候我们两个就可以搬到更舒服的地方，过我们的二人世界，也不用搬回去跟Jeff一起住了。”

“我才不要跟Jeff一起住咧。”我说。

“再说，我们现在收入不多，家人和亲戚朋友老是瞧不起我们，每次见面都会说我们闲话。”汉海道，“所以遇到任何可以赚很多钱的机会，我们都不应该错过啊。”

“说得也是。”我想起我们两个目前的处境，的确需要一点突破，“好吧，但我话说在前头，你不能做出对不起我的事哦。”

“我保证一定不会。”汉海说。

闲话像隐形机关枪，逼迫你爆肝赚钱、结婚、买房子，然后用一辈子时间偿还。

绯闻像失智迷幻药，重复地炒作男女、过夜、性关系，可悲是永远有愚人关注。

第 15 章

脱光的男友，身边的人不是我

三天后的早上六点多，当我因为尿急爬起床时，发现汉海正对着镜子悉心打扮，还在脸蛋上擦粉。

“早安。”

“早安。”

“你今天怎么了?”我走过汉海身后时，问他。

“什么怎么了?”汉海若无其事地放下我的粉饼，并拿起眉笔。

“很隆重的化妆，你平常不会这么隆重。”我停下脚步说。

“今天对我来说很重要。”汉海道。

“今天会发生什么事吗?”我问。

“蕾姐已经用钱疏通了几个记者，请他们晚上偷拍我们。”汉海说。

“就是今天晚上?”我问。

“对，就是今天晚上，我和蕾姐会故意在指定的地方出现，让那些狗仔跟拍我们。”汉海说。

“对了，我有一个老同学现在在当记者，要不要我请他过去跟拍你们?”我问。

“他是负责演艺新闻的吗?”汉海问我。

“对，他是娱乐记者，叫William，他做事很积极哦。”我道。

“怎么个积极法?”汉海一边对着镜子画眼眉，一边问我。

“小时候有一次，我跟William一起坐地铁上学，当时车厢坐满了人，他很想找个位子坐下来。”我说，“于是，他走到一个博爱座前面，假装气喘，希望坐在博爱座上面的那个男大学生能够让座给他。”

“那个男大学生让座给他了吗?”汉海问。

“没有，于是William采取了更进一步的行动。”我道。

“什么行动?”汉海问。

“William趁当时车厢人多拥挤，把屁股贴到那个男大学生的膝盖上，然后不断磨蹭。”我说。

“太恶心了吧!”汉海一脸嫌恶的表情，“你同学怎么这么低级啊?”

“正如我刚才所说的，William是个很积极的人……”我道。

“结果呢?那个男大学生给William让座了吗?”汉海问。

“没有，所以 William 又采取了更进一步的行动。”我道。

“啥？还有行动？”汉海翻了翻白眼。

“有啊，在还没达到目的之前，William 是不会罢休的。”我说。

“那他采取了什么行动？”汉海问。

“William 不断用嘴巴发出放屁的声音，又用双脚乱踩乱踢，后来那位男大学生终于受不了，就让座给他了。”我问汉海，“你说，William 这个人是不是很积极？”

“这叫积极？应该叫少根筋吧！”汉海没好气地说。

“William 这个人是有一点少根筋啦，不过他为了达到目的，会不断尝试各种方法，直到成功为止。”我说，“你和蕾姐如果想炒一次成功的绯闻，就是需要这种积极的人帮你们，才会事半功倍啊。”

“好啦，多一个人帮忙也好。”汉海说，“那你待会把 William 的电话交给蕾姐吧，让蕾姐去联络他。”汉海说。

“好。”我道。

第二天早上，汉海和我在家庭旅馆附近一家早餐店吃早餐时，旁边桌的食客一直对我们指指点点。

“喂，你看看那个男生。”穿绿色衣服的少女指了指汉海，对身边的男伴说。音量不高不低，刚好被我们听到。

“哪个男生？”穿白色短裤的年轻男生一脸疑惑。

“旁边桌的那个。”绿衣少女说。

“他怎么了?”白裤少男瞧了汉海一眼，不解地问他的女伴。

“他像不像报纸上面的那个小白脸?”绿衣少女问。

“哪个小白脸?”白裤少男问，“你是指跟那个什么蕾上 Hotel 的男生吗?”

“对啊，像不像? 像不像?”绿衣少女问。

“我看看。”白裤少男看了女伴手上的报纸一眼，然后抬头瞄了瞄汉海，最后作出结论，“还真的蛮像的哎!”

“该不会就是他吧?”绿衣少女说。

“他叫什么名字?”白裤少男问。

“报纸说他叫汉海。”绿衣少女说。

从路人的口中听到自己的名字，原本一脸疲惫的汉海精神为之一振，眼睛变得炯炯有神，暗爽全写在脸上。我知道汉海在想什么。

能够成为一般人口中的话题人物，这意味着马上就要红起来，至少第一步是成功了。

“没想到他还蛮大胆的嘛。”白裤少男对他的女伴说。

“对啊，竟然敢跟年纪大这么多的女人上 Hotel。”绿衣少女说。

“而且还脱到精光。”白裤少男说。

“脱到精光?”我瞪着汉海。

“呃……”汉海看着我，难为情地说，“事情不是你想的那样的。”

我愤怒地站起来，走到绿衣少女和白裤少男的面前。

“不好意思，这张报纸可不可以借我看一分钟?”我问绿衣少女。

汉海赶紧跟了过来。

“我们正在看呢。”绿衣少女婉拒了我的要求。

“里面有我男朋友的新闻，我只是想关心一下写了些什么，可以吗?”我问。

绿衣少女和白裤少男同时转头望着汉海，兴奋地问道：“你真的是汉海?”

“嗯。”汉海点点头，大方地承认。

“你怎么会认识那个什么蕾?”绿衣少女惊讶地问。

“她叫蕾姐。”汉海说。

“呃对，蕾姐，你怎么会认识那个蕾姐?”绿衣少女问。

“拍戏认识的。”汉海回答时不忘绽放出一个阳光般的笑容，展示他平易近人的一面。

“那个什么蕾……蕾姐应该很高不可攀吧?”白裤少男问。

“不会啦，高不可攀只是你们对她的印象，其实她是很平易近人的。”汉海说。

“你的身材好好哦。”绿衣少女说，“虽然房间的光线有点暗，但你的肌肉线条还是很明显。”

“呵呵，谢谢。”汉海被少女如此一夸，开始有点飘飘然。

“虽然是偷拍，不过那个记者把你的裸体拍得很性感呢。”白裤少男说。

“真的吗?”汉海雀跃地问。

“真的，连我都自愧不如呢。”白裤少男说。

“我很好奇是哪一家媒体的记者这么无聊，为什么连房间里的情况都拍下来了?”汉海问。

“是《平狗日报》。”绿衣少女说。

“可以借我看一下吗?”汉海道。

“可以。”绿衣少女主动把手中的报纸递给汉海。

汉海接过《平狗日报》后，快速瞄了那段新闻一眼，接着便破口大骂：“张维特报道? 妈的! 这个张维特是谁?”

“他是我的老同学 William 呀。”我道。

“他是白痴吗? 干吗跟拍到房间里?”汉海生气地说。

“就正如昨天我说的，William 是一个做事非常积极的人……”我说。

“也积极得太离谱了吧!”汉海翻了翻白眼。

“现在的重点不是 William，我问你，昨天晚上你跟蕾姐在房间做了些什么?”我质问汉海。

“没有啊，我跟她什么都没做。”汉海道。

“骗谁啊? 都脱光衣服了，还什么都没做?”我不相信。

“对，真的没有，我跟她什么都没做。”汉海挺着胸膛说。

“那为什么要脱光衣服?”我问。

“昨晚下很大的雨，我要洗澡，当然要脱光衣服啰。”汉海说。

“你不会进洗手间再脱吗？为什么要在蕾姐面前直接脱?”我问。

“呃……我只是顺便让她看一下我的身体而已，证明我的身材没有走样。”汉海举起三根手指头，信誓旦旦地说，“我跟蕾姐什么都没做，真的，我们什么都没做。”

你像一个总统，有错没错，打死都不会认错。

我像一个饭桶，蒙在鼓里，以为活在幸福里。

第 16 章
炒作变成“炒饭”

“我不相信。”我斩钉截铁地说。

“我们相处这么久了，你怎么会怀疑我呢?”汉海有点沮丧地看着我。

“照片不会说谎。”我道。

“一两张照片又不能代表全部事实。”汉海说。

“那你敢不敢跟 William 当面对质?”我问。

“当然敢。”汉海挺着胸膛说，“我真的没做过，才不怕跟他对质。”

“我现在就打电话给 William，你跟他一五一十说清楚。”我说。

为了避免“家丑外扬”，汉海把报纸还给绿衣少女后，我们快步离开早餐店，来到附近一个公园。

我们在一张长椅上坐下来，接着我拿出 3G 手机拨号给 William。

“喂？惠雅，找我什么事?”视频电话接通后，William一脸倦容地看着我，似乎才刚睡醒。

“不好意思打扰你睡觉，我有些事情想跟你确认。”我道。

“什么事情？”William睡眼惺忪地看着我。

“昨天晚上你偷拍到的照片，不是合成的吧？”我问。

“每一张都是真的，没有一张是合成的。”William说。

“你是白痴是不是？”汉海把我的手机抢了过去，恼火地质问William，“我和蕾姐明明交代你在门口拍几张照片就好，你为什么要偷拍到房间里？”

“我只是为阁下提供‘增值服务’而已。”William说。

“增值服务？”汉海抓狂地怒吼，“谁要这种增值服务啊！”

“在这个竞争激烈的商业社会，为付钱的老板提供增值服务和意外惊喜，是我们应尽的义务。”William说。

“还真是意外啊，我被你害惨了！”汉海说。

“今天应该会有很多人讨论你吧？你马上就要成为大红人了，这不是很好吗？哪里惨？”William不解地问。

“我明明就没有跟蕾姐做过，就因为你拍的那些照片，现在惠雅误会我，以为我对不起她。”汉海说。

“你没做？”William冷笑了一声，“哼，谁相信啊？”

“真的没有啊！”汉海大呼冤枉。

“我都拍到你脱光光了，你怎么可能没做？”William说。

“那请问你亲眼看到我和蕾姐做了吗?”汉海问。

“呃……是没有啦，你脱光光之后就把窗帘拉下来了。”William说。

“既然你没亲眼看到，那就表示我没有做啊。”汉海说。

“虽然隔着窗帘，我还是看得到你们的身影在床上动来动去哎。”William说。

“当时我的确是在床上动来动去，但我是在做俯卧撑，向蕾姐展现我的力与美而已，并不是在做那件事好吗?”汉海解释道。

“是吗?”William爱理不理地说，“你去跟女朋友说吧，别跟我说，我不会相信的。”

挂掉电话后，汉海用诚恳的语气对我说：“当时我真的是在床上做俯卧撑，你要相信我。”

“你不觉得自己说的话很没说服力吗?”我道。

“真的啦，我当时真的是在床上做俯卧撑，而且做二十下我就去洗澡了。”汉海说。

“前几天你不是说只是炒作吗?为什么炒着炒着，就变成‘炒饭’（注：暗指男女之间发生关系）了?”我生气地问。

“没有啦，我真的没有跟她‘炒饭’。”汉海依旧不承认。

我是个相信证据的人，而 William 所拍的照片，让我不得不怀疑汉海。

“人证和物证都有了，你还说没有？”我说。

“就没有嘛。”汉海大呼冤枉。

此时突然传来手机的铃声，声音来自汉海的口袋。

“喂。”汉海拿出手机，接通电话。

“原来是蕾姐，早安。”汉海唯唯诺诺地回应对方，“是，是，有，是，我刚才看到报纸了。”

我转身离开，汉海追了过来：“哎，去哪？”

“我需要一点时间冷静。”我道。

“是，好的，我待会马上回公司，是。”汉海一边恭敬地回应蕾姐，一边伸手拦住我，“惠雅，别这样。”

“你以为你骗得了我吗？”我不甘心地对他说，“你每次‘炒饭’之后，第二天早上都会很累，而今天早上你也一副很累的样子。”

“嗯，好。”汉海回应蕾姐，不忘回应我的疑惑，“昨天晚上我在 Hotel 待到凌晨两点多才回来睡觉，所以今天早上有点累。”

“为什么要待到凌晨两点？既然只是炒作，半小时就可以离开了，不是吗？”我问。

“虽然绯闻是假的，但这是蕾姐交代的工作，也是我飞黄腾达的机会，还是得演逼真一点嘛。”汉海说，“半小时就离开，万一楼下的记者还没走怎么办?”

“你跟蕾姐在房间里待了三个小时，我不相信你们没有做过。”我说。

“昨天晚上我和蕾姐什么都没做。”汉海说，“请你相信我，我最爱的人是你，不会是其他女人。”

“对不起，我现在没办法相信你，我想我需要一些时间冷静。”我认真地对汉海说，“而在我冷静的时候，我暂时不想看到你，也不想听你解释。”

“这……”汉海无奈地点点头，“好吧，我给你一些时间冷静，我晚点再去找你。”

我没有回应他，头也不回地离开了。

下午四点多，我在“丛林乐园”打拳击机，发泄闷在心里的怨气。

就在我打出第二十三拳之际，手机突然响起爵士乐的铃声，中断了我发泄的情绪。

我拿出手机一看，来电显示是方士麟。

“嗨，士麟。”我奔离嘈杂的现场，来到一个比较寂静的角落。

“金橘嫂，你今天怎么没有来片场?”方士麟问我。

“不要再叫我金橘嫂了，我可能很快就不是金橘嫂了。”我说。

“怎么啦?”方士麟问。

“我跟汉海吵架了，我在生他和蕾姐的气。”我说。

“你今天不来片场，就是因为生他们两个的气吗?”方士麟问。

“嗯。今天早上我发短信跟蕾姐辞职了。”我说。

“辞职？你以后不来了吗?”方士麟用惊讶的语气问。

“对，蕾姐竟然跟我男朋友偷情，她太过分了。”我气愤地说，“她位高权重，虽然我没有能力阻止她，但不再帮她做事总可以吧?”

“他们的绯闻我也看了，今天闹得很大呢，片场里每个人都在讨论。”方士麟说。

“那你觉得汉海和蕾姐有没有做那件事?”我渴望听取更多人的想法。

“不管他们有没有做，我都替你不值。”方士麟说。

“真的?”我感到窝心。

“不管蕾姐和金橘先生是假戏真做，还是纯粹炒作，我都鄙视他们，因为他们根本没有在乎你的感受。”方士麟说。

“唉，我只不过是一个微不足道的小人物而已，在乎我干吗呢?”我道。

“别小看自己，在我心里，你就不是小人物。”方士麟说。

“唉，当初汉海因为不想老是被别人瞧不起，所以才答应蕾姐炒作绯闻，想早点飞黄腾达，这一点我可以体谅他。”我感慨地说，“但他们从假暧昧演变成真暧昧，这一点我就真的没办法接受了。”

“如果我有女朋友，我绝对不会跟其他女人炒作绯闻，不管是什么原因。”方士麟说，“只要是有可能发生暧昧的关系，我都会拒绝。”

“当你的女朋友真好。”我说。

“哈哈，是挺好的，可惜一直没有遇到想交往的女生。最近遇到了一个，不过她已经有男朋友了。”方士麟说。

“缘分这种东西不急啦，总有一天你会遇到的。”我说。

“大概吧。”方士麟说，“哎，小胖刚才一直说很想你哎，你还是会回来上班的吧？”

“可是我不想看到汉海，我怕跟他见面后会吵架。”我道。

“白天看不到，晚上回家庭旅馆不是一样会看到吗？”方士麟说。

“我想我这几天不会回家庭旅馆了。”我道，“我现在只要闭起双眼，就会看到汉海，就会想起今天的新闻，然后我就没办法冷静思考。”

“你不回家庭旅馆，那要住哪里？”方士麟问。

“我也不知道。”我耸耸肩。

“你总得有个地方睡觉吧？回老家吗？”方士麟问。

“我老家在南部哎，很远，我想我会找个宾馆躲一阵子。”我说。

“不好吧？宾馆那种地方，便宜的很复杂，昂贵的又很花钱。”方士麟说。

“也没办法，难道露宿街头吗？”我说。

“不然你来我家吧。”方士麟说。

“你……你家？”我瞪大双眼。

“对啊，不过你可以放心，你搬来住的话绝对不会是孤男寡女，因为我家里还有我妈。”方士麟说。

“这样啊？”我说。

“对，就是这样。”方士麟说，“今天晚上你可以先来我家看一下，不满意的话随时可以离开，总比你露宿街头，或随便找个宾馆来得安全。”

“嗯。”我点点头。

他像暖气机，给我温暖支援，让我舒服心安。

你像笼中鸡，老想冲破困境，从此飞黄腾达。

第 17 章

我真的不适合当“排队工读生”

傍晚，我回家庭旅馆收拾行李，带走所有属于我的东西。

三小时后，我随着方士麟的脚步来到他的住处，看到一位长相慈祥的老妇坐在客厅的桌子前，快乐地数着钞票和记账。

“她是我妈，平时在楼下卖牛肉面，每天都是这个时间算账。”方士麟悄悄在我耳边说。

“回来啦?”方妈抬起头来，看了方士麟一眼，又看了我一眼，“士麟，这女生是谁?”

“她叫惠雅。”方士麟答。

“女朋友吗?”方妈仔细打量着我，对我充满了好奇心。

“不是，她是普通朋友，今天晚上会在这里过夜。”方士麟说。

“哦。”方妈拉下脸，咕哝道，“不是女朋友，干吗带回家过夜?”

“没有啦，因为她跟男朋友闹翻了，所以来我们家借住几天。”方士麟说。

“厕所旁边有个空房间，让她睡那里吧。”方妈说。

“好。”方士麟乖巧地点点头。

“惠雅，好好休息，如果觉得无聊，可以出来客厅看电视。”方妈对我说。

“嗯。”我乖巧地点点头。

方士麟把我带到厕所旁的空房间，我放下行李，惆怅地坐在椅子上。

“怎么一脸沮丧的样子?”方士麟问我。

“唉，我觉得自己以前太重视爱情了。”我道。

“重视爱情又不是坏事。”方士麟说。

“但我以前为了爱情，跟其他姐妹疏远，现在出事了，也不好意思找她们。”我说。

“没关系啦，你还有我嘛。”方士麟说，“你尽管住，不用想太多，住到汉海真心认错为止。”

“谢谢。不过你妈好像不太喜欢我呢。”我说。

“她是个老板，性格本来就比较现实嘛。”方士麟建议，“明天傍晚刚好我们剧组停机，我带你去当排队工读生，讨我妈的欢心。”

“排队工读生?”我好奇地问，“那是什么?”

“我妈的面店常常有一群人在门外排队等买面，其实大部分都是工读生。”方士麟说。

“为什么排队也要工读生？”我不解地问。

“制造热卖的假象啊，让路人以为我们家的面真的很好吃。”方士麟说，“明天傍晚你跟着我就对了。”

整理房间、安顿行李后，我拿起毛巾准备去洗澡，手机忽然传来短信的铃声。

“惠雅，你怎么把东西搬走了？”是汉海发来的短信。

我不想理他，放下手机便走进洗手间洗澡。

二十分钟后，我用吹风机吹头发时，手机又再次传来短信的铃声。

“怎么不回我呢？”是汉海传来的第二条短信。

“你应该知道，你昨天晚上所做的事，并不是说几句你没有做，或者是说几句对不起就能了事的。”我回他。

“我真的没有做过嘛……你现在在哪？我当面跟你解释。”汉海回我。

我没有再回他，直接关机睡觉。

第二天傍晚，我跟着方士麟的屁股来到方妈开的牛肉面店门外。这里位于美食街的中央，附近都是餐厅和饮料店，路人络绎不绝地经过，牛肉面店门外有十几个人在排队等候。方士麟和我走到队伍后面，只见队伍前进的速度异常缓慢，不晓得是生意真的太好，还是老板故意慢慢煮。

“是不是觉得有点慢？”方士麟似乎看穿了我的想法，低声问我。

“嗯。”我点点头。

“我妈会根据外面排队的情况，控制出面的速度。”方士麟说，“如果外面工读生比较多，她就会煮慢一点。如果真的客人比较多，她就会煮快一点。”

“原来是这样。”我恍然大悟，“那工读生会不会等一个钟头都拿不到面？”

“倒是不会，顶多等个二十分钟吧。”方士麟说。

“二十分钟就收工？你们的工读生会不会太好赚了？”我羡慕地说。

“想太多了。”方士麟摇了摇食指，“工读生拿到面之后，要偷偷拿回厨房交给荣叔，然后换个衣服和发型，五分钟之后出来继续排。”

“没完没了地一直排下去吗？”我问。

“当然，起码要排三四个小时才能下班，不然你以为赚我妈妈的钱这么容易吗？”方士麟偷偷指着店里的一个中年侍应生，对我说，“他就是荣叔，每个工读生下班后，都会跟他领薪水。”

“所以待会我们下班后，就是跟他领薪水吗？”我问。

“不，我们今天来这里排队，主要是为了帮你讨好我妈，争取她对你的好感，当然不能领钱啰。”方士麟说。

“嗯，知道。”我点点头。

我不经意地抬头一看，发现一条很夸张的红布条。

“咦，你妈妈的店是不是快倒了？”我问方士麟。

“没有啊。”方士麟答。

“那为什么你们挂的红布条写着‘下礼拜结束营业，要吃趁早’？”我问。

“这红布条已经挂了一年多了。”方士麟说。

“已经挂了一年多，还没结束营业吗？”我纳闷地问。

“你不懂啦，这是我们面店的绰号。”方士麟说。

“绰号？”我更纳闷了。

“对，不要以为只有人类才会有绰号，店面也是可以有绰号的。”方士麟专业地说，“就如汉海，他的绰号叫‘金橘先生’；而我们的面店，绰号就叫‘下礼拜结束营业，要吃趁早’。”

“贵店的绰号未免也太长了吧？”我说。

此时，有两个路人停下了脚步，用怀疑的目光看着我们。

“这些人是在排什么？”穿黄色裙子的女路人问她的男伴。

“我也不知道。”穿红色衣服的男路人耸耸肩。

“小姐，这家店有这么好吃吗？”穿黄色裙子的女路人主动开口问我。

“呃……有啊，很好吃！”我回答她。

"好吃在哪呢?"穿黄色裙子的女路人追问道。

"呃……其实我也没吃过啦，不过面很弹牙，吃完口齿留香，真的很好吃哦!"我竖起拇指。

"没吃过还说好吃？还知道面很弹牙?"穿黄色裙子的女路人皱着眉头看我。

"你是排队工读生吧?"穿红色衣服的男路人问我。

"是啊……呃，不是啦，不是啦，我才不是工读生，我不领薪水的。"我赶紧澄清。

两个路人不屑地看了我一眼，然后不屑地看了店面一眼，便趾高气扬地离开了。

"对不起。"我向方士麟道歉，"我不是故意泄露身份的。"

"没关系啦，刚才那两个家伙满脸怀疑，态度又嚣张，我看他们最后也不会光顾，你不用为那种人感到内疚。"方士麟说。

队伍徐徐前进，转眼过了十分钟，我们终于排到队伍的前三名，跟正在店门口煮面的方妈只有数步之遥。

"咦？你们也来啦?"方妈抬头看到方士麟和我，兴奋地问道。

"对啊，惠雅说很想吃你亲手煮的面。"方士麟说。

"对啊对啊，听说你煮的面很好吃。"我附和道。

方士麟清了清喉咙，放高音量大喊道："老板娘，给我们两碗牛肉面！昨天晚上我吃了一碗，到现在还忘不了那个味道呢!”

“对啊！太好吃了!”我附和地大喊。

“好好好，马上来。”方妈笑逐颜开地说。

方妈煮面之际，我嗅到空气中飘着浓郁的咖喱香味，定睛一看，发现香味是从隔壁的咖喱饭店传来的。

这下子，我的肚子更饿了。

此时，又有两位路人停下脚步，驻足观望。

“这家店怎么回事？怎么这么多人排队?”绑马尾的女路人指了指面店，纳闷地问她的男伴。

“我不知道，可能很好吃吧。”大嘴唇的男伴回答。

“小姐，请问一下，这家店的东西很好吃吗?”绑马尾的女路人主动开口问我。

“呃……对啊。”我想起刚才的教训，于是撒谎道，“我每天都来吃，真的很好吃哦。”

一阵怪风袭来，浓郁的咖喱香直扑我的鼻门。

啊！受不了！好想吃哦!

“是吗？那你觉得最好吃的是什么呢?”绑马尾的女路人问我。

“咖喱饭。”我边说边用力吸取空气中的咖喱味，企图用香味填满肚子的饥饿。

方士麟：“……”

方妈：“……”

大嘴唇的男伴：“原来最好吃的是隔壁的咖喱饭是吗？”

绑马尾的女路人：“那我们去吃咖喱饭好了。”

方士麟：“……”

方妈：“……”

我：“……”

我再次无言地看着两位路人离开，看着他们走进隔壁的咖喱饭店，方妈冲我翻白眼。

“对不起。”我再次向方士麟道歉，“我不是故意说咖喱饭的，我只是闻到那股香味，才会冲口而出……”

“没关系啦。”方士麟对我笑了笑，“我觉得这样的你很可爱，我很喜欢这样的你。”

“这样的我一点都不好，老是帮倒忙。”我厌恶这样的自己。

“不要为这种事内疚，我真的很喜欢这样的你。”方士麟说，“还记得前阵子我为你写了一首歌吗？”

“记得。”我点点头。

“其实我在歌词里隐藏了一些话。”方士麟说。

“什么话？”我好奇地问。

“就是一些……嗯……我对你的心意。”方士麟说，“你只要留意每句歌词的第一个字，就可以发现了。”

“真的？我当时没有留意哎。”我说。

“没关系。”方士麟打开包包，拿出 iPod 和歌词纸，然后塞到我手上，“今天晚上你回到房间之后，再听一听，看一看。”

你的人生像暗棋，老是神秘地隐藏心意。

我的人生像梭哈，老是迷糊地泄露底牌。

第 18 章
我像台妹？

夜阑人静，我一个人在房间里听着方士麟为我写的歌，仔细品味着个中歌词。

我祝你天天都当个快乐的人
对那些欺善怕恶的恶狐野狼
你选择不再哑忍
有如一把久眠出鞘的利刃
感到不舒服再也别忍让
觉悟唯有反击他们才不敢再放任

可爱的你生日快乐
惜别懦弱坚强利落
你离开了逆来顺受的故乡
已成为我心头的第一偶像
名为勇者的偶像
花朵般美的偶像
有魄力过每一天

说真的，也只能怪相逢恨晚了。

“你再不解释清楚，我可能要被其他人追走了。”我发了一条短信给汉海，故意让他吃醋。

半分钟后，汉海紧张地回我：“谁要追你？”

我保持神秘，吊他胃口：“不跟你说。”

一分钟后，汉海回我：“我不要你被别人追走，我心很痛，搬回来跟我一起住好不好？”

我回他：“我不会再回家庭旅馆了。”

汉海回我：“我也没有住在家庭旅馆了，很烧钱。”

我问他：“那你现在住哪？”

汉海回我：“一个人住家庭旅馆不符合经济效益，所以我暂时搬回去跟 Jeff 一起住了。”

我回他：“那我更不可能回去跟你一起住了，因为我不想看到 Jeff。”

汉海回我：“那……我们出来见个面好吗？”

我回他：“我还没有冷静够，我还不想看到你。”

我没有再回他短信，我们又无声地陷入冷战状态。

三天后，一个风清气爽的晚上，方士麟带了一个叫白玟的浓妆女人回来讨论事情。

当时我坐在客厅的沙发上看电视，偶尔听到他们聊天的内容，他们在谈论方士麟的第一张专辑要怎样宣传。

他们聊到一个段落后，两人沉默了十秒钟。为了化解无言的尴尬，白玟用手比着我，问方士麟："这位是你妹妹？"

"不是啦，我哪有这么漂亮的妹妹。"方士麟答。

"不然她是谁？你的房客？"白玟好奇地看着我。

"也不是。"方士麟说。

"所以是你女朋友吗？"白玟问。

"哈哈，想太多啰，她已经名花有主了。"方士麟道。

"奇怪，她已经名花有主了，怎么还住在你家？"白玟质问方士麟，"哦，我知道了，你就是名花的'主'对不对？"

"没有啦，她跟男朋友闹翻了，所以才暂住我家。"方士麟解释道。

"你好，我叫白玟。"白玟向我挥手，主动跟我打招呼。

"嗨，你好，我叫惠雅。"我笑笑。

"白玟是我的经纪公司的副总哦。"方士麟对我说。

"哇，原来你是副总，那在公司里不就是位高权重了？"我说。

"哎呀，别这么说，我哪有位高权重，我也只是替老板打工而已。"白玟谦虚地说。

"你别听白玟装谦虚。"方士麟对我说，"她可是掌握生杀大权哦。"

“什么生杀大权？”我问。

“她要哪个艺人红，哪个艺人就会一直有工作。同样的，她要哪个艺人黑，哪个艺人就会一直没工开。”方士麟说。

“呵呵，那你可不能得罪白玟哦。”我开玩笑地对方士麟说。

“我哪敢得罪她，感激都来不及。”方士麟说，“我之所以能够演《窈窕水男孩》，就是白玟帮我牵线的。”

“士麟，你最近拍那个《窈窕水男孩》还顺利吗？”白玟关心地问方士麟。

“还蛮顺利的啊，导演对我很好，在不用拍摄的空当，他还允许我待在休息室作曲呢。”方士麟说。

“但你几乎都在睡觉吧。”我揭穿道。

“休息室的冷气舒服嘛，不过只要醒着，我都会作曲和写词哦。”方士麟转头对白玟说，“对了，惠雅还蛮漂亮的，你要不要考虑一下签她当艺人？”

“她？”白玟仔细地打量着我。

“对啊，对啊，我觉得她有条件进演艺圈哎。”方士麟在旁起哄。

“惠雅，你的外表的确很不错。”白玟拍了拍我的肩膀，用认真的口吻说，“不过呢，我是个生意人，讲话不喜欢拐弯抹角，你介不介意听我说真话？”

“嗯，你说。”我点点头。

“恕我直言，如果同时有一排美女站在台上，你并没有特别吸引观众多看两眼的地方。而且你的土味有点重，发型太普通，随便在路上都可以找到像你这样的台妹。”白玟说，“我暂时看不到你有成为巨星的潜力，除非你还有其他优秀的才华，那就另当别论了。”

“哦，谢谢你的直言，其实我也不太想进演艺圈啦。”我说。

“对了，你跟方士麟是怎么认识的？”白玟好奇地问我，“你怎么会知道他在休息室里几乎都在睡觉？”

“我跟他是在拍戏的时候认识的。”我答。

“拍戏？是《窈窕水男孩》吗？”白玟问。

“对，就是《窈窕水男孩》。”我点点头。

“你是临时演员？”白玟问。

“不是，我只是其中一个演员的女朋友而已。”我答。

“她的男朋友最近可红了。”方士麟说。

“最近很红？谁啊？”白玟问。

“最近不是有一对姐弟恋很红吗？新闻闹得沸沸扬扬。”方士麟说。

“哦，你是说蕾姐跟那个什么汉海？”白玟问。

“对，就是他们，惠雅就是汉海原先的女朋友！”方士麟说，“她就是不爽汉海不顾她的感受，所以才会搬来我家暂住。”

“真的假的？天啊！”白玟转头看着我，惊讶地问道，“你是那个汉海原先的女朋友？”

“嗯。”我点点头。

“原来你就是‘姨太恋’的受害者?”白玟还没从惊喜的情绪中平复。

“什么‘姨太恋’?”我不解地问。

“老阿姨和小正太之间的恋爱，就是‘姨太恋’。”白玟说。

“他们之间应该没有恋爱吧?只是炒作绯闻而已。”我半信半疑，老实说我也不是很确定他们的关系。

“很难说哦，今天傍晚我看娱乐新闻的时候，看到他们两个还挺亲昵的，感觉不像在演戏。”白玟说。

“如果我是汉海，我跟蕾姐交往了，我也绝对不会老实告诉你，一定打死都说没有。”方士麟说。

“其实我发短信问过他，不过他没有正面回答我。”我沮丧地说。

“不要提那个烂男人了，惠雅，你有没有兴趣当我旗下的艺人?”白玟问我。

“我?”我指着自己的鼻子，纳闷地问，“白玟姐，你刚才不是说我不够突出，没有当巨星的潜力吗?”

“当时我不知道你是汉海原先的女朋友。”白玟道。

“有差别吗?”我问。

“有，绝对有差别。”白玟说，“以你现在的身份，如果再加上我专业的包装，我保证可以让你身价百倍!”

“但你不是说我长得像台妹吗?我真的适合当艺人吗?”我怀疑地问。

“你很漂亮，化妆风格和穿着稍微改造一下，就不像台妹了。”白玟说。

“当艺人需要才华，可是我这个人没啥才华，要笨倒是一流。”我说。

“才华可以慢慢训练，脸蛋是天生的，你不应该浪费你的脸蛋，更何况你是目前最红的话题人物的前女友，三个月后就没市场了，不能让机会白白溜走啊。”白玟说。

“可是我很笨哎，别人都说我没大脑。”我道。

“没关系，当艺人不需要大脑。”白玟说。

“真……真的吗?”我半信半疑地问。

“真的。你看看现在台面上的那些艺人，他们哪需要大脑？只要懂得哗众取宠和炒作男女关系，不用做多少事就能够大红大紫。”白玟说。

“可是我这个人常常会讲错话哎。”我说。

“是吗?”白玟问。

“是啊，就像前几天，士麟跟我一起去排队买面，我就老是讲了不该讲的话，他可以作证。”我说，“所以我想，像我这么笨的人，可能不是很适合当艺人。”

“没关系，我可以安排专人在你旁边贴身侍候你，指导你的发言。”白玟说。

“我何德何能享受这种待遇?”我说。

“相信我，你值得，我眼光很准的。”白玟道，“如果你这辈子只有九十岁寿命，那么现在就是你这九十年中最有可能成名的一次，如果你不把握，可能一辈子都不会再遇到第二次了。”

“这就像古时候的村妇，一辈子难得一次机会遇到皇帝微服出巡，你要不要勾引皇帝，争取一个当王妃的机会，全凭你的一念之间了。”方士麟说。

“我是怕白玟姐会后悔啦，因为我真的很笨，反应又慢，脑袋常常一片空白。”我说。

“我倒是怕你会后悔。”白玟说。

“我会后悔？”我不懂。

“对，很多女人奋斗了几十年，年华老去后，才后悔没有趁年轻的时候加入演艺圈，换一个赚大钱的机会。”白玟说，“等到不再漂亮的时候，一切也来不及了。”

“你给我一点时间考虑一下。”我对白玟说。

我像小鸵鸟，遇到好机会却犹豫不决。

你像啄木鸟，遇到好树木即争取啄食。

第19章
所谓的人生，就是胜利总是站在你讨厌的家伙那一方

第二天早上，方士麟和我在客厅吃早餐时，他问我考虑得怎么样。

“其实我不是很想当艺人。我跟白玟说需要时间考虑，只是不想直接拒绝她，让她有台阶下而已。”我说，“先别提昨天晚上那件事了，有一件事让我更烦心。”

“什么事？汉海吗？”方士麟问。

“不，跟他没有太大关系。”我说。

“那跟什么有关系？”方士麟问。

“跟我家里有关。”我说，“我堂哥信业明天晚上结婚，他前阵子发了两张喜帖给我。”

“他怎么会发两张喜帖给你？”方士麟好奇地问我。

“一张给我，一张给我的男朋友。”我说，“他知道我有男朋友，虽然没见过面。”

“看你的表情，其实你不太想去吧？”方士麟问我。

“对。但作为亲戚，我还是得去。”我说，“我堂哥命

很好，娶的是一个大地主的女儿，下半辈子就算不工作，也不用愁了。”

“唉，你就别不爽了，其实我也有这种命好的亲戚。”方士麟拍了拍我的肩膀。

“你也有这种亲戚吗?”我既惊又喜地看着坐在我旁边，跟我处境一样的受害者。

“有啊，我小姑就是。”方士麟说，“她一天到晚炫耀自己住的豪宅多么惬意，每年花了多少旅费去什么国家旅行，家里养的名犬每天都要吃菲力牛排当消夜。受不了，我最讨厌在家族聚会里遇到她。”

“唉，原来我们同是天涯沦落人。”我说，“不过我比你惨一些。”

“你怎么个惨法?”方士麟问我。

“每次我爸爸听到那些炫耀的话之后，心里就会不平衡，然后就会怪我不长进，不好好考公务员，不好好交个有钱人当男朋友，诸如此类的。”我说。

“那你的确比我惨一些，不但要听人炫耀，听完还要被爸爸夹攻。”方士麟说，“不过话说回来，明天晚上你可以叫汉海陪你一起去婚宴，毕竟他现在蛮红的，有他助阵，你爸爸应该不会再抱怨你不交有钱人当男朋友了。”

“不行啦，跟汉海炒绯闻的是蕾姐，又不是我。”我说，“如果我把汉海带回去，亲戚朋友看到他，不知道会传到什么程度。”

“哦，也对。”方士麟说，“汉海现在的知名度是靠蕾姐打起来的，我看他也不见得愿意陪你回南部参加婚宴吧？”

“他会愿意的，是我不想让他节外生枝而已。”我惆怅地说，“唉，怎么办呢？我看明天准备要被爸爸念叨一整个晚上了。”

“不然我陪你去吧！”方士麟自告奋勇地道。

“你？”我有点吓到了。

“对！我！”方士麟用大拇指指着自己的鼻子，激昂地说，“我来假冒你的男朋友，帮你撑过明天晚上！”

“那你剧组的事情呢？你明天不用拍戏了吗？”我问。

“最近两天主要是拍男女主角的吵架和情欲戏，我们这些配角的戏份比较少。”方士麟说，“我可以跟导演挪时间，明天跟他请假一个晚上，后天一大早马上坐高铁回来开工。”

方士麟出门后，我发短信给汉海：“明天我堂哥结婚，他发了两张喜帖给我，我会请方士麟陪我去。”

半分钟后，汉海回我：“你不是说你爸爸很势利？为什么不让我陪你去呢？”

我回他：“你是绯闻人物，亲戚朋友会对你指指点点，对你对我都没有好处。而且我还没有原谅你。”

汉海回我：“你还是蛮体谅我的嘛，今天晚上出来吃顿消夜吧？”

我回他："我发短信只是通知你一声，我没有要跟你和好哦。"

后来汉海发了十几条短信给我，我再也没有回他。

隔天晚上，我带着方士麟坐高铁回南部，出席堂哥信业的婚宴。

跟爸爸在婚宴门口会合时，我把方士麟介绍给他认识："爸，这位是我的男朋友，他姓方。"

"哦，你终于带男朋友回来见我啦?"爸爸笑了笑。

"呵呵，对啊，前几次因为汉海都临时有事，所以才没有带回来看你，不好意思。"我说。

"哦，原来他叫汉海，姓方。"爸爸转头问方士麟，"所以你的全名叫方汉海，对不对?"

"呃……是是是，我叫方汉海，我叫方汉海。"方士麟尴尬地笑了笑，然后没好气地瞪了我一眼。

"对不起，我口快了。"我贴近方士麟耳边，低声地说。

"你们两个在一起多久了?"爸爸问我们。

"一个礼拜不到。"我说。

方士麟："……"

爸爸："……"

"呃……"我擦了擦额头上的冷汗，补充道，"我的意思是说，我跟他同居一个礼拜不到。"

“什么?”爸爸大叫，“你们同居啦?!”

“……就目前情况来看的话，可以这么说。”现况如此，我也只好如实相告。

“女孩子不要随便跟男生同居，很吃亏的。”爸爸念了我几句，转头问方士麟，“方先生，请问你是做哪一行的呢?”

“我是音乐界的。”方士麟答。

“音乐界?”爸爸皱起眉头，继续问道，“什么职业?”

“呃……我……我是唱片公司的副总!”方士麟撒谎道。

“少来，你明明只是个歌手而已。”我最讨厌别人说谎了。

方士麟：“……”

爸爸：“……”

方士麟靠近我耳边，低声对我说：“哎，拜托，我是为了你的面子着想，才说自己是副总的哎。”

“哦……对不起，我又口快了。”我低声回他。

我抬起头来，对爸爸说：“你不要误会，其实我刚才的意思是说，他一直都是歌手，已经出了七八张专辑，不过最近要退居幕后当副总了。”

“是吗?”爸爸托着下巴，企图搜索脑袋里的记忆，“我怎么从来没听过有个歌手叫方汉海?”

“呃……因为他唱的是流行歌嘛。”我说。

“我常常听流行歌啊，别以为我年纪大就不听流行歌好吗？我可是粥董的粉丝啊！”爸爸说。

“那‘方士麟’你有没有听过？”我问爸爸。

“方士麟？”爸爸托着下巴，企图搜索脑袋里的记忆，“谁啊？真的有这个歌手吗？”

“快了，他快要成为歌手了，因为他的第一张专辑下个月就要发行了！”我指着方士麟，兴奋地说。

方士麟：“……”

爸爸：“……”

方士麟靠近我耳边，低声问我：“你一下子说我已经出了七八张专辑，一下子又说我下个月就要发行第一张专辑，你到底要怎样啦？”

“对不起，对不起，我又口快了。”我吐出舌头，难为情地说。

此时，我的二叔（信业的爸爸）突然出现在门口，跟我爸爸打招呼。

寒暄几句后，二叔引领我们三人踏进婚宴场地。只见现场布置奢华，天花板及四周墙壁满是贵气的水晶，气派的大理石地板反照着来往宾客身上的金银首饰，更显夺目耀眼。

幸亏我今天没有穿短裙，不然内裤被看光光就算了，别人都穿金戴银，我的内裤更显寒酸。

被所有桌子包围的最中央处立着一个八层的大蛋糕，

放在一张水晶打造的桌子上，闪闪发光，气势逼人。

新郎信业穿着质地高雅的礼服，看来价值不菲，穿在市井如他的身上却一点也不庸俗，只能令人对他又羡又妒；新娘本身就有几分姿色，上了一个幸福的粉色淡妆，搭配她身上的淡红色婚纱，轻而易举地压倒其他雌性生物，成为今天晚上最美的女人。

二叔用手比了一下站在蛋糕旁边的信业，略带骄傲地对我爸说："这是我儿子，今天就要开启他的另一段人生了，我真的很感动。"

老爸看得羡慕："将来我女儿出嫁的那一天，我想我也会很感动。"

二叔的炫耀病又开始发作："其实我的二儿子玉郎也很争气，他在新竹的电子公司当总经理，分到的股票利润都够买两幢房子了。"

老爸听到这番话，表情很不是滋味："嗯……你的两个儿子都很争气。"

二叔得势不饶人，笑着问我爸："那你的女儿呢？"

"她啊？"老爸转头看了我一眼，脸上写满了无奈，"她还不是老样子。"

"你几年前说她要考公务员，结果考得怎么样了？"二叔假装关心地问道。

我敢打赌，待会二叔听到我没考上的时候，绝对会比他的儿子结婚这件事还要令他爽一百万倍。

“没有，她都没考上。”老爸诚实地回答。

“怎么回事？都几年了？她怎么一直没考上？”二叔问。

“我也不清楚她在干吗。”老爸耸耸肩，语气很无奈，“她在台北都待好几年了，一点成就都没有。”

“没关系啦，女孩子嘛，找个人嫁掉就好。”二叔用眼角偷偷瞄着我，脸上不自觉地洋溢着得意的表情，“哥，如果有需要的话，跟我说一声，我叫信业介绍有钱人给你女儿认识。”

“好，有需要的话再跟你说。”我爸点点头。

在儿女的成就这方面，显然二叔是胜利了，而且是彻底的胜利，连续几年压着我老爸。

所谓的人生，就是你讨厌的家伙总是能够成为“人生胜利组”，然后向你炫耀他有多么的了不起。

我真的不知道，出席这种听别人炫耀的场合，到底有什么意义。

堂哥结婚又怎样？为什么我得来这里品尝当输家的滋味？

婚宴的主桌只有十二个位置，容不下老爸、我和方士麟。

后来我们三人被分配坐在主桌的旁边的旁边的旁边桌，跟主桌隔了一段不算短的距离，中间差不多可以举办一百米的田径比赛了。

“惠雅，这几年来你到底在干吗?”在等待酒菜上桌时，老爸正色问我。

“打零工，陪男友，还有准备公务员考试。”我如实回答。

“你真的在准备考试吗?”老爸问。

“是啊。”我说。

“如果你真的在准备，那为什么考这么久还没考上?”老爸板着脸问我。

“有些人的资质可以一考就上，有些人的资质可能需要考个五六年才会考得上。”我说，“刚巧我是属于后面的那一种。”

“什么这一种，那一种的?”老爸生气地问我，“前几年你好不容易考上台北的大学，结果念不到半个学期就被踢出学校；后来你选择留在台北做一些没出息的工作，我苦口婆心叫你好好考个公务员，结果你考了这么多年，什么都没考上!”

“我本来就不是念书考试的料嘛。”我撅着嘴巴说，“我的脑袋不灵光，记不住东西，你为什么一定要我去考公务员呢?”

“不当公务员，你还能干吗?你还有什么才华可以赚钱吗?”老爸质问我。

“我……”我哑口无言。

“当你的两个堂哥都已经有房子的时候，你却还在打零工，你不觉得很丢脸吗?”老爸继续对我进行恐怖攻击。

我无言以对，只好岔开话题，“说真的，二叔刚才是故意出现在门口的吧?”

“什么故意出现在门口？你什么意思?”老爸问。

“他明知今天晚上不会跟你同桌，但又很想向你炫耀，所以他刚才故意出现在门口，假装跟你巧遇。”既然老爸听不懂，我干脆直接拆穿二叔的诡计。

“就算他是故意的，那又怎样?”老爸反问我，“如果你赚的钱比他的儿子多，如果你的成就比他的儿子高，他能在我面前炫耀什么?”

我再次无言以对。

“为什么总是他在我面前炫耀，而不是我在他面前炫耀？你以为问题出在哪里？是谁害的?”老爸又问。

我彻底败下阵来。

可以肯定的一点是，我对这种场合的痛恨，从这刻起又加深了些。

“算了。”老爸对我摇摇头，“如果你今年还是考不上，年底我会请你堂哥介绍几个有钱人给你认识，嫁掉总比浪费时间好。”

“我有男朋友了。”我说。

“如果你男朋友有钱有地位，我倒是不会介意，但问题是我看到的并不是这样。”老爸说。

“我男朋友很快就会红起来，将来他会赚很多钱。”我说。

“哼。”老爸冷笑了一声，“那为什么不干脆挑一个现成的有钱人？”

“总之我不要嫁给有钱人，我有我喜欢的人，我有我的生活方式。”我抗拒地说。

“你不想嫁，那就给我挣一个功名回来，多赚一些钱回来，让我在亲戚面前有点面子好吗？”老爸用鼻子喷了一口气，四周弥漫着怨恨的味道。

第二天早上，我坐在高铁上，闷闷不乐地看着窗外快速闪过的风景。

“怎么一副心事重重的样子？”坐在我旁边的方士麟关心地问我。

“被念了一个晚上，谁高兴得起来。”我说。

“如果我是你，我一定会想办法做出一番事业，让你二叔吃瘪。”方士麟说。

“我也是这么觉得，所以刚才我做了一个决定。”我道。

“什么决定？”方士麟问。

“我要嫁给自己喜欢的人，我不要嫁给老爸和二叔帮我安排的人！”我说。

“好，有志气！我支持你！”方士麟说。

“有志气是要付出代价的。”我道，“比如说要做出一些成就，或者是赚很多很多的钱回家，让他们自动闭嘴。”

“那当然，光有志气是不够的。”方士麟说。

“对！所以……士麟，你可不可以帮我一个忙？”我问。

“什么忙？”方士麟问。

“帮我打个电话给白玟。”我道。

“打给她干吗？”方士麟问。

“前几天她不是问我有没有兴趣当她旗下的艺人吗？”我道。

“对啊，但你不是说不想当艺人吗？”方士麟道。

“我改变主意了，我要当。”我说。

“你决定当艺人？”方士麟问我。

“对，我要主宰我自己的人生！”我认真地说。

老爸像候鸟，终生随着其他同类飞行，依附他们的思想。

我要像老鹰，主宰自己的食物和未来，不甘一辈子受限。

第 20 章
你好，我是弱者

两天后的中午，我来到白玟的经纪公司。

“哇，一签就是三年哦？”在会客室，我一边看合约内容，一边问白玟。

“三年很合理。”白玟说，“将来我们会花很多时间和资源培训你，投资在你身上，三年差不多了。”

“如果单方违约的话必须赔三亿？好多哦……”我说。

“只要不违约，就不用担心。我们公司开这么久，从来没有艺人因为违约而赔钱。”白玟说，“没有公司会希望花大钱投资后，结果艺人却违约跳槽到其他公司的吧？”

“那倒是。”我道。

“对了，我已经帮你想好对外的形象了。”白玟说。

“什么样的形象呢？”我好奇地问。

“我们会安排你以弱者的形象出道。”白玟说。

“弱者？”这不太符合我的形象吧？我明明只是笨蛋而

已，什么时候变弱者了？

“对，你现在的身份是被劈腿的女生，你表现得越柔弱，观众就会越同情你。”白玟专业地分析道，“一般人会从同情你开始，慢慢认识你这个人，进而支持你。”

“可是这样汉海可能会不高兴哎……”我说。

“想太多。你的出现，只会让汉海和蕾姐之间的‘姨太恋’闹得更大，他们会因此更红，他高兴都来不及呢。”白玟道。

“他真的会高兴吗？”我半信半疑地问。

“他当然会高兴，你让他又有机会见报哎！”白玟说，“请你相信我，我在这一行已经二十几年了。我用我的经验告诉你，这件事刚开始的确会有一点风雨，但随着时间的流逝，事情发展到最后，双方都会赚到知名度，双方都会是赢家。”

“如果我以弱者的身份出道，会不会影响汉海的名声？”我问。

“刚开始的时候，有些观众可能会对汉海的感觉不好，但只是短时间的。这就像前阵子，有个女的冒出来说粥董夺走了她的初夜，也有些思想有洁癖的人因此对粥董反感。”白玟说，“但过了一段日子后，粥董因为这件事而又更红了一些，观众对他的印象又再加深了一些。而当初对他反感的人，很快就会淡忘这件事，或是接受这件事。”

“但粥董是一夜情，汉海是劈腿，两者似乎不太一样哎……”我说。

“差不多啦，当年何狩正劈腿，张蕙妹因此得到大家的同情，她因祸得福，反而在无形中得到更多支持者。”白玟说，“但我从来没听说何狩正因为这件事而遭到什么抵制，并没有，反而更多人因此认识他这一号人物。”

“那倒是，我也是因为看到他们分手的新闻，才知道他的名字。”我说。

“对嘛。总之事情到了最后，两边都会是赢家，你相信我就对了。”白玟说。

“嗯。”我点点头。

“对了，你现在作为一个弱者，无论如何要记得一件事。”白玟说。

“什么事？”我问。

“从今天起，只要你出现在公众场合，记得无论如何都要摆出一副柔弱的表情。”白玟说，“当记者问你关键问题的时候，如果你还能够哭出来的话，那就更完美了。”

“不用这么夸张吧？”我说。

“有眼泪才会有效果。”白玟说，“你可以去买瓶风油精放在口袋里，以备不时之需。”

“为什么要买风油精？”我问。

“为了涂在眼睛附近，把眼泪引出来。”白玟说。

“哦……对了，签约之后我还可以去补习班补习吧？”我问。

“去补习班补习？”白玟问我，“你要考试吗？”

“嗯，公务员的考试。”我点点头。

“最好是不要抛头露面，专心当艺人就好。”白玟说。

“可是万一红不起来，至少我还可以去考公务员嘛。”我说。

“在我的操作之下，没有红不起来的人。”白玟说，“如果你坚持的话，没关系，你最近还是可以去补习班，但我有一个条件。”

“什么条件？”我问。

“如果你真的开始红起来了，我会要求你不要再去补习班那种地方抛头露面。”白玟说。

“那我的公务员考试怎么办？”我问。

“顶多只能让你请老师回家，一对一补习。”白玟说，“其实你想这个问题根本是多余的，将来如果红了，你会忙到没时间去考试，更别说补习了。”

由于才刚签约，公司还没有分配助理和工作给我，所以我还是可以随心所欲地去任何地方。

当天晚上，我在补习班上了两个小时的课。十点下课后，离开大楼之际，我看到一个熟悉的身影戴着太阳眼镜站在巷子口，仔细一看，那个人竟然是汉海。

汉海看到我步出大楼后，赶紧走了过来。

“惠雅。”他叫住我。

“你来这里干吗？”我问。

“来找你。”汉海向我投降，“我很想你，想得每寸皮肤都像被虫咬一样，很难受，我快撑不住了。”

“哼，那天晚上你跟蕾姐上 Hotel 的时候，你怎么没想到我？”我冷冷地说。

“那天晚上的事情我可以解释，我可以详细地跟你说。”汉海道。

“好，你说。”我停下脚步。

“这里人多不方便，我们找个地方慢慢聊。”汉海道。

我们在附近找了一家没什么客人的泡沫红茶店，点好饮料后，汉海便开始述说那天晚上在 Hotel 里的实况。

“那天晚上我和蕾姐进房间之后，因为她有点累，所以躺在床上闭目养神。而我当时满身臭汗，所以我决定洗个澡。”汉海说。

“洗澡应该去浴室吧？为什么会在蕾姐面前脱光光呢？”我纳闷地问。

“因为那个房间的浴室玻璃是透明的，就算我在浴室里面脱衣服，外面的人还是可以看得到，所以我干脆在外面脱了。”汉海叹道，“唉，只是没想到，蕾姐会突然睁开双眼，看光了我的裸体，还叫我做俯卧撑给她看。”汉海摇摇头，又大叹了一口气，“更没想到的是，对面大楼竟然有一个积极的记者把我的裸体拍了下来……”

“你脱完衣服后，干吗马上把窗帘拉下来？想做亏心事吗?”我问。

“你误会了，我当时把窗帘拉下来，只是怕我的庞然大物被 Hotel 外面的人看到，毕竟那个房间的玻璃也是透明的，我会害羞。”汉海说。

“哼，男子汉大丈夫，害羞什么?”我说。

“男生也是会害羞的啊。”汉海说，“我把窗帘拉下来之后，就去浴室洗澡了，蕾姐继续躺在床上休息。”

“那洗完澡之后呢?”我问。

“洗完澡之后，我也爬到那张双人床上，盖上棉被闭目养神。大概过了三分钟，旁边的蕾姐突然把我摇起来。”汉海说。

“她把你摇起来干吗?”我紧张地追问。

“聊天。”汉海答，“她把我摇起来聊天。”

“只是聊天而已吗?”我问。

“对，只是聊天。”汉海说，“我和她讨论了一下《窈窕水男孩》的剧本，然后讨论了一下某些艺人的八卦，接着又讨论了一下我未来走红之后要怎么做，诸如此类的。”

“真的只有这样吗?纯聊天?”我半信半疑地问。

“真的就是这样而已，后来我和蕾姐聊到两点多，就离开 Hotel 了。”汉海说，“这就是事情的经过。”

“你跟蕾姐真的什么都没做吗?”我问。

“没有，真的没有。”汉海深情地看着我，“我很喜欢你哎，怎么舍得做出对不起你的事?”

“哼，”我压抑着心花怒放的情绪，“也不晓得你说的是不是真的。”

“真的啊，我最最最最喜欢的人就是你了，我的心里根本容不下第二个女人。”汉海摸着我的手臂说。

“哼，”我控制不了自己的嘴角往上扬，“好啦，姑且相信你一半。”

“惠雅，这几天你不在我身边，我都吃不下消夜，你要不要搬回来跟我一起住?”汉海似乎察觉到我的态度开始软化，于是顺水推舟问我。

“不要。”我斩钉截铁地说。

“为什么?”汉海问。

“我还没有完全原谅你哦。”我说，“而且，我才不要跟Jeff住在同一个屋檐下呢，我不想听他冷嘲热讽。”

“那你现在住在哪里呢?”汉海问。

“一个神秘的地方。”我答。

“那你这几天过得还好吗?”汉海关心地问我。

“还不错。”我说。

“听说你今天下午跟白玟签了合约?”汉海问我。

“你怎么知道?”我惊讶地问。

“蕾姐的秘书告诉我的。”汉海说，“其实这种小道消息在同行之间流传得很快，公司底下的人都建立有情报网。”

“对，我跟白玟签约了。”我点头承认，也没什么好隐瞒。

“这种事情为什么不先跟我讨论一下呢?”汉海问我。

“你跟蕾姐风流快活就好啦，跟我讨论这种事情干吗?”我撅起嘴巴说。

“我怕你被别人骗嘛。”汉海说。

“我再怎么笨，也没有笨到会被别人骗，合约我可是看了三遍才签的哦。”我说。

“白玟是不是看准你是我的女朋友，所以才签你?”汉海问我。

“好像有一点是因为这样，她还叫我以被劈腿的弱者身份出道。”我说。

“被劈腿的弱者?”汉海扬起眉，“这么说来，我很快就要成为大家口中的坏人了?”

“你不用担心，白玟已经分析给我听过了，刚开始的确会有一点风雨，但事情发展到最后，我们双方都会是赢家。”我说，“就像前阵子的摇摇和斗花妹，她们表面上互相较劲，实际上就是因为互斗的气氛而知名度大增，最后两个都红起来了。”

“我没担心啊。”汉海说，“只要我跟你之间还有联系，对外发表的所有言论，都在我们的掌控之内，有什么好担心的?”

“白玟还吩咐我要在适当的时候哭出来，用眼泪博取同情。”我说。

“应该的，不然就演得不像了。”汉海说，“必要时，我们还可以来一段隔空对骂。”

“什么隔空对骂？”我问。

“比如说其中一方先在记者面前放话，然后另外一方配合一下，第二天接受采访的时候骂回去。”汉海说，“如此一来，我们双方都可以连续两天有版面，连续两天曝光。”

“你确定我会配合你吗？我只是相信你一半，还没有完全原谅你哦。”我说。

“怎么只相信一半呢？我们交往这么久了，你应该知道我是个怎样的人。”汉海说。

“我知道啊，你是个桃花很多的人，异性缘很好。”我说。

“我又没对其他桃花动心，最后还不是只握着你这朵桃花。”汉海道，“再说，蕾姐也不是什么桃花，她的腰那么粗，身材那么圆，还花咧，叫她菠菜还比较贴切。”

“扑哧。”我忍俊不禁。

“对了，白玟打算怎样炒作你的知名度呢？”汉海问我。

“后天我们公司会办一个选新秀的记者招待会，介绍公司的新人给媒体认识，白玟安排我以活动助理的身份出现在记者面前。”我说。

“是吗？”汉海说，“唉，那些新人真可怜，如果记者知道你是我的女朋友，应该会对你更有兴趣吧？”

“白玫就是要利用这一点吸引记者出席。”我说，“我们公司那批新人个个名不见经传，没有哏吸引记者去招待会，所以白玫会跟记者强调这次活动的助理就是蕾姐的情敌，吸引他们来采访，这样我、公司和那批新人三方面都能够赚到曝光的机会。”

“一石三鸟，厉害哦。”汉海说，“哎，后天你可不可以在记者面前把我说得厉害一点？”

“什么厉害一点？”我问。

“比如说，你可以说我每次‘炒饭’都至少三十分钟以上。”汉海道。

“三十分钟以上？”我没好气地说，“哼，干吗骗人？”

“哎哟，总要有爆点，记者才会写嘛。”汉海说，“每次都三十分钟以上，你不觉得很有爆点吗？”

“什么爆点？骗点还差不多。”我说。

“好嘛好嘛，帮个忙嘛，把我说厉害一点。”汉海拉着我的衣角，向我撒娇。

“再说吧，看本小姐后天的心情啰。”我道。

你像烟火，期待飞到天际，好让世人看到你的爆点。

我像湖水，原想平静度日，却被家人逼着泛起涟漪。

第 21 章
去头去尾的记者

第二天，经纪公司安排我到他们开设的学院部，让两位专业老师指导我一些穿着、化妆、摆 Pose 和走台步的基本技巧。

经过长达八小时的上课后，两位老师终于答应让我去吃饭。正当我准备离开教室之际，白玟却走了进来。

“惠雅，今天学得怎么样？有没有收获？”白玟关心地问我。

“有，今天学到很多东西，差点连晚饭都舍不得去吃了。”我说。

“饭还是得吃哦，别弄坏身体，有体力才能拼事业。”白玟道。

“嗯。”我点点头。

“对了，你买了风油精吗？”白玟问我。

“呃……没有。”我说。

“你这样不够积极啊。”白玟道。

“怎么说？”我问。

“我昨天下午跟你聊天的时候提过风油精，如果你有心要成为一个有名气的艺人，应该在离开公司后立刻跑去买。”白玟说。

“嗯，那我待会去买。”我道。

“不用，我帮你准备好了。”白玟从口袋里掏出一瓶风油精，递给我，“有了它，在明天过后，将会有几百万人对你留下初步印象。”

“这个……在记者采访的时候，我不方便拿出来涂吧？”我问。

“对，所以要预先涂在食指上。”白玟说，“明天记者问你关键问题的时候，你找个机会揉眼睛，把食指的风油精揉在眼睛附近，把眼泪引出来。”

隔天下午的记者招待会，公司的新人们逐一上台表演自己的才艺，每一个都拼尽全力，不过一如预期的是，记者们还是把注意力放在我身上。

“听你们公司的公关说，你是汉海原先的女朋友，请问是真的吗？”台上明明还有新人在唱歌，台下的记者们却已迫不及待地围过来问我。

“对，我是汉海的女朋友。”我点点头。

“你叫什么名字？”穿淡黄色裙子的记者问。

“我叫 Vita。”我答。

“Vita 小姐，请问你和汉海现在还在交往吗？或是已经分手了？”穿牛仔裤的记者问我。

“还在交往啊，不过最近在冷战而已。”我答。

“冷战？是因为蕾姐介入吗？”穿紫色套装的记者问我。

“当然，这件事就是导火线。”我道。

不远处的白玫对我挤眉弄眼，还一直指着自己的食指和眼睛。

奇怪，她在干吗？

“请问你现在的心情怎样？”咖啡色头发的记者问我。

“现在的心情？还蛮高兴的啊。”我雀跃地说。

“高兴？”记者们个个目瞪口呆，不知道在惊讶什么。

“对啊，我买乐透中了四百块哎！我从昨天晚上高兴到现在呢！”我兴奋地说。

记者们面面相觑，白玫则冲我翻白眼。

“那……那请问你觉得蕾姐怎样？”穿牛仔裤的记者问我。

“你很痛恨这种狐狸精吧？”大胸脯的记者问我。

“也谈不上痛恨啦，要不是因为她，我男朋友也不会突然红起来。”我道。

“那你对汉海这个负心汉有什么看法？”戴水晶耳环的记者问我。

不远处的白玫又开始对我挤眉弄眼，还一直指着自己的食指和眼睛。

奇怪，白玟到底怎么了？眼睛生病了吗？

“我觉得汉海很好啊，人长得帅，性格又体贴，又常常为我制造惊喜，很浪漫。”我想起他以前对我的好，不禁甜蜜地笑了起来。

“哎，小姐，你这是什么回答？”光头记者放下手中的摄像机，生气地问我。

“什么什么回答？什么意思？”我不懂。

“你的回答根本就没有爆点嘛，我们回去要写什么？”咖啡色头发的记者埋怨道。

“谁要写这种‘蕾姐是好人，汉海是好人，大家都是好人’的烂新闻啊？谁要看啊？”穿紫色套装的记者失望地对我摇摇头。

“拜托有点 Sense 好吗？”大胸脯的记者抱怨道。

“要么你就给我们爆点，要么你就跟蕾姐汉海制造对立互戗，别浪费我们的时间，OK?”戴粉红眼镜的记者说。

“你们想要爆点是吗？”我问。

“对!”众记者异口同声地回答。

“这才上道嘛!”光头记者说。

我想起汉海前天晚上的交代，于是便“顺应民意”地说：“好吧，我跟你们说一个秘密，这个秘密跟汉海有关哦。”

“什么秘密？”原本已经放下笔记本和摄像机的记者们，此际又再举起来。

“汉海每次‘炒饭’，至少都三十分钟以上哦。”我竖起三根手指头，故意装出一副崇拜的语气。

“切！”光头记者再次放下手中的摄像机，一脸不屑。

“这哪叫爆点啊？”绑蝴蝶结的记者不满意地说。

“你还是在歌功颂德嘛！”穿淡黄色裙子的记者不满意地说。

“他真的每次都三十分钟以上吗？有没有哪一次因为太累了，所以表现比较不好？”穿紫色套装的记者好奇地问我。

“也有啦。”我说。

“那表现最不好的那次是几分钟？”穿紫色套装的记者追问。

“二十秒而已。”我说。

“二十秒？”原本对我已经心灰意冷的记者，这下子精神全回来了。

“呃……不好意思我说漏嘴了，汉海只有一次是二十秒而已，其他每次都三十分钟哦！”我说。

“好啦，知道啦，二十秒。”绑蝴蝶结的记者没有理会我，忙着在笔记本上做笔记。

“等你这么久，就是等你这句‘二十秒’了。”光头记者说。

“汉海真的每次都三十分钟哦，他真的只有一次是二十秒而已。”我再次强调，怕他们乱写。

“知道啦！”众记者异口同声地说。

第二天早上，当我在早餐店悠闲地翻开报纸时，看到影视版出现斗大的标题：“原女友 Vita 大爆料汉海‘炒饭’只要二十秒！”

天啊！

要是汉海看到这篇报道，不知道会有什么感想。

记者像煎鱼，去头去尾去真相，只取中间那一截。

我像大杂烩，有话直说不修饰，通通丢进锅子里。

第 22 章

制造公敌，让她的人生更美丽

晚上回到方士麟的家，正准备拿出笔记本复习一下今天所学的内容时，手机突然传来短信的铃声。

我打开手机一看，是汉海发来的短信，我不禁吓出一身冷汗。

“我看到网络新闻了，你为什么跟记者说我一次只能二十秒?”汉海在短信里问我。

我回他：“对不起，我不小心说漏了嘴。”

汉海回我：“你知不知道男生最在意这种事?”

我回他：“不好意思，下午我虽然说漏了嘴，但后来已经强调你仅有一次是二十秒，可是那些记者还是写了。”

汉海回我：“这次换成我不原谅你了。”

我生气地回他：“你跟蕾姐搞暧昧，我还没有完全原谅你呢，你凭什么反过来不原谅我?”

汉海回我：“只有你能生气吗？现在全台湾都以为我是‘快枪手’，我就不能生气吗?”

我回他：“害你被误会，我很抱歉，但请不要趁机生气，想掩盖自己在Hotel所做的事吗？”

汉海回我：“我没有趁机生气，我是真的恼火了，你为什么要乱爆料？”

我想起过去的甜蜜，叹了一口气，难过地回他：“我们两个以前明明好好的，为什么现在会沦落到互相看不顺对方？”

汉海回我：“我也不想这样，但我现在真的很恼火……算了，我们先冷静几天吧，我过几天再找你。”

第二天回到公司，原本以为高层人士会因为我上新闻版面而感到兴奋，没想到他们却一脸难看。

“哎，这些记者怎么搞的？为什么每一家的焦点都是汉海？”在会议室的主席座上，老板放下手中的报纸，不悦地问白玟。

“呃……可能是因为二十秒实在太好笑、太有爆点了，所以他们才会大幅报道……”白玟说。

“我们开记者会的目的是为了什么？难道是为了帮那个汉海打响知名度的吗？”老板又问。

“呃……当然不是。”白玟尴尬地回答，“是为了提升我们经纪公司的品牌形象，和Promote我们公司的新人。”

“真的有在Promote吗？你自己看看这些报道，请问我们的新人呢？我们的新人在哪里？”老板指着桌上的报纸，愤怒地说，“没有照片，没有新人的名字，也没有我们经纪公司的名字，反而帮那个汉海提高了知名度！你到底在搞什么？”

“对不起，这次我做不好，我会想办法补救。”白玟说。

“你最近已经不是第一次做不好了，短短四个月之内，你连续犯了三次严重的错误。”老板说，“我现在给你一个礼拜时间，如果七天后我没看到你做什么事情补救的话，只好请你自动辞职了。”

“嗯，明白。”白玟吞了吞口水，沉重地说。

会议结束后，老板及其他高层人士陆续离开会议室，白玟则请我留下来，要跟我单独谈。

“惠雅，你知道现在什么东西才能救我们吗？”会议室里只剩我们二人时，白玟收起沮丧的表情，强颜欢笑地对我说。

“什么东西呢？”我问。

“公敌。”白玟竖起一根手指头，语气流露出智者的气息，“我们要制造一个公敌，帮我们化解危机。”

“公敌？”我不明白。

“我记得以前念大学三年级的时候，我为了让自己将来写履历表时能够有优秀的经历，所以决定参加学生会会长的选举。”白玟说，“毕竟，如果履历表上出现‘曾经当过学生会长’的字眼，找到好工作的机会一定比别人高。”

“哦。”我稍微咀嚼了一下她所说的话，纳闷地问，

“呃……请问这跟你前面说的公敌有什么关系?”

“当然有关系。”白玟说,“当时我就跟现在一样,处于劣势。”

“怎么个劣势法?”我好奇地追问。

“当时总共有五个候选人,而根据地下民意调查显示,我是最后一名。”白玟问我,“就只有五个候选人而已,我却排第五名,你说形势恶不恶劣?”

“果然很恶劣。”我说。

“不过,那年我还是当上学生会长了。”白玟骄傲地笑了。

“真的吗?你怎么办到的?”我惊讶地问。

“我的方法很简单,就是制造一个公敌,然后以被欺负者的身份博取大家的同情。”白玟说,“当大家都在唾弃那个公敌的时候,我的知名度也同时得到提升。”

“你当时怎么制造公敌?”我问。

“有一天,我在校园到处发传单和拉票,但没什么人理我。后来我很沮丧地坐在花圃旁边休息,大概过了半分钟,我发现同系的学弟 Charlie 就坐在附近。他一副不修边幅的样子,平时不跟别人打交道,看起来就很惹人讨厌。”白玟说,“当时我在思考怎样拯救自己的颓势,眼睛在看那个学弟,想到他是那种就算被人欺负也不会反击的懦弱男生,突然心生一计。”

“什么计?”我问。

“公敌计!”白玫眼里流露着兴奋的光芒，“从第二天开始，我就在同学面前传Charlie开黄腔性骚扰我，对我毛手毛脚，又传他在校园里到处大小便，没人格，结果神奇的事情真的发生了!”

“什么神奇的事情?”我追问。

“神奇的事情是，虽然我的同学没有亲眼看过Charlie做那些事，但他们竟然相信了，还慢慢传遍了整个校园，连其他院系的人都知道我们系上出了一个败类Charlie，有些人甚至还四处打听，想知道他长什么样子。”白玫说，“为了满足其他院系的人，我偷偷散布Charlie的照片，同时也有意无意地提到自己就是被性骚扰的受害者。”

“你的同学们也太好摆布了吧?你说什么，他们就相信什么，他们真的是大学生吗?”我不快地问。

“他们才懒得求证呢，又不是他们被性骚扰。”白玫道，“再说，生活中突然多了一个公敌，不但免费任骂，还不会回骂，干吗不多骂两句?”

“那后来怎样了?”我问。

“后来，越来越多人知道Charlie长什么样子，越来越多人鄙视他，在路上对他冷嘲热讽，说他是人渣。”白玫一洗刚才的郁闷，露出了妙计得逞的胜利笑容，“虽然那个学弟之后四年都被同学瞧不起，出了社会还被别人指指点点，但我也因为这件事而知名度大增，还以票数第一选上学生会长，也因此在毕业后找到一份月薪非常优渥的工作，我觉得还挺值得的。”

“唉，可怜的人。”我摇摇头，替那位学弟感到可悲，希望他下半辈子别再遇到这种人了。

“同样的，以我们现在的情况，也需要一个公敌帮我化解被开除的危机。”白玟说。

“你想要谁当公敌？”我问。

“汉海或蕾姐，二选一。”白玟说。

“我不做对不起汉海的事。”我表明立场。

“没关系，公敌可以是蕾姐，也可以是汉海。”白玟说，“如果你不想汉海当公敌，我可以放过他。”

“乱捏造的事，我可能说不出口哦。”我表明立场。

“没关系，由我来说，你负责在旁边点头就好。”白玟说。

“如果是伤天害理的事，我可能没办法点头啊。”我表明立场。

“哎，你够了没有？”白玟生气地问我，“挑三拣四，这个不做，那个没办法，那我请你回来干吗？你以为我签你回来是当公主的？”

“我没说自己是公主。”我道。

“公司每个月都要付你薪水哎，你拿了薪水想不做事是吗？”白玟问我。

“我没有说不做，只要是良心过得去的事，我都愿意。”我说，“但有些事情如果我做了，会良心不安，我可以不做吗？”

“不干，可以。”白玟说，“那就是抗命，根据合约得赔偿三亿而已。”

你像地雷，谁要是踩到你，注定要一生悲惨。

我像天兵，谁要是得到我，注定能为所欲为。

第 23 章
为了成就某件事，有些人的名誉注定要被牺牲

下午四点多，白玟召我进她的办公室。

我忐忑地走到她的办公室门口，犹豫了五秒钟，吸了一口气敲敲门，并扭开门把手。

门打开后，我看到白玟坐在自己的黑色大椅子上，跟沙发上两位西装笔挺的男人谈笑风生。

“玟姐找我有什么事吗?”我问。

“没有，我只是想通知你一声，《数字周刊》的记者待会五点钟会来采访，你也得去。”白玟说。

“哦。”唉，丑媳妇总得要见公婆，正妹也总得要见记者嘛。

“另外有些事情想交代你，你现在给我记清楚。”白玟说。

“什么事情呢?”我问。

“待会如果你真的不想回答，我允许你不说话，假装

心情很差，我替你回答就可以了。”白玟说，“到时候我会坐在你的旁边，根据情况捏你的大腿。如果我只捏你一下，你就点点头，装可怜；如果我捏你两下，你马上用食指摸眼睛，让风油精引出眼泪，然后激动地哭出来。”

“这……我怕我过不了自己这一关。”我说。

“我让你可以不说话，已经是最大的让步。你不要给脸不赏脸，敬酒不吃吃罚酒！”白玟怒拍桌子，继续道，“我还没说捏三下是代表什么呢。”

还有捏三下？

不会吧？

难道哭还不够强烈吗？

“如果我捏你三下，那表示我正在警告你，如果你不合作，得赔三亿。”白玟竖起三根手指头，然后比了一下沙发上的两位男士，“对了，我还没有跟你介绍，这两位是律师。”

“嗨。”律师甲假惺惺地对我笑了笑。

“你好。”律师乙对我露出虚伪的笑容。

“张先生、李先生，你们两个帮我作证哦。”白玟问两位律师，“我刚才是不是吩咐过她要做的事？”

“是。”律师甲点点头。

“我看到了。”律师乙点点头。

“待会采访的时候，你们两个也一起来。”白玟说，“如果这位小姐等一下公主病发作，不点头或者是不愿意哭的话，那就是违抗主管的命令！根据合约，我是有权利告她的。”

“嗯。”两位律师点点头。

“玟姐，不要逼我嘛，我不想对不起汉海或蕾姐。”我低声下气地说。

“你不合作，就是对不起我！”白玟质问我，“你觉得赚钱和成名比较重要，还是男朋友比较重要？”

“男……男朋友。”我诚实地回答。

“我不管！总之丑话我说在前面，你敢对不起我，我一定跟你玉石俱焚！不信的话你可以试试看！”白玟道。

“小姐，你还是合作点吧。”律师甲对我说。

“白玟以前在学校的时候，可是出了名的得理不饶人，刀下不留人，你还是别得罪她比较好。”律师乙苦口婆心地劝诫我。

“惠雅，只要你肯合作，我保证你将来要多红有多红。”白玟拍拍我的肩膀，突然放软声线对我说，“或许你会因为跟汉海闹翻而恨我一个月，但之后你会感激我一辈子。”

下午五点多，《数字周刊》的记者来到我们公司，白玟的助理招呼他们到会议室安顿。

两分钟后，白玟带着两位律师、我以及新人 Daniel 来到会议室。

“不好意思，让你们久等了。”白玟有礼地向两位记者赔不是。

“你们阵势很浩荡嘛。”记者甲说。

“我们才来两个人而已，你们却来五个人招呼我们。”记者乙说。

“我们公司重视你们嘛，所以多带几个人进来。”白玟笑道。

“先声明，我们只对汉海的女朋友 Vita 有兴趣哦。”记者甲说。

“其他新人的话，我只能说抱歉了，由于不在我们这次专访的范围里，我可能一个字都不会写哦。”记者乙说。

“没关系，我只是带他们进来旁听而已。”白玟说，“不过呢，如果专访的字数不够，需要塞一些内容填充字数的话，还请大哥高抬贵手，带一下我这位新人的名字，他叫 Daniel。”

双方互相交换名片后，两位记者便开始对我“狂轰”猛问。

“你们的公关说蕾姐前天晚上来找你谈判，她开了一张五十万的支票要求你跟汉海分手，但你没有答应她的条件，蕾姐一气之下举起手中的水杯，把红酒都泼到你身上，请问这件事是真的吗?”记者乙问我。

“这……”我没办法说服自己撒谎，回避道，“我可以不回答这个问题吗?”

“哦……对了，你们的公关又说汉海在交往期间就常常打你，请问是真的吗？”记者乙又问。

“这……”我还是没办法说服自己撒谎，“这个问题我可不可以也不回答？”

“这个问题不答，那个问题不答，那还采访什么？”记者乙生气地问。

“大哥，别气别气。”白玟摆起笑脸，企图安抚记者的情绪，“Vita昨天晚上才刚被汉海打了好几巴掌，她现在心情真的很差，心里的创伤还没有平复，所以才不想回答这些问题。”

说时迟那时快，白玟偷偷朝我的大腿狠狠捏了一下！“Vita，对不对啊？”白玟转过头来，故作关心地问我。

捏一下，代表要点头。

“嗯。”我想起律师乙刚才强调白玟是出了名的刀下不留人，又想起她以前在学校怎样迫害Charlie，不禁不寒而栗，只好配合地点点头。

“虽然Vita难过到不太想说话，不过没关系，她把事情经过都告诉我了，你们问我就可以了。”白玟对两位记者说。

“你？”记者乙一脸怀疑地看着白玟。

“对。其实我和Vita一年前就认识了，我跟她是很要好的朋友，当初还是我把汉海介绍给她认识的呢。”白玟又用力捏了我的大腿一下，脸上却挂着一副慈祥的表情，“Vita，对不对啊？”

“呃……嗯。”我点点头，无奈地配合她。

“我保证实话实说，原汁原味转述 Vita 跟我说过的每一句话，绝不加油添醋。”白玟向两位记者保证道。

“汉海是不是常常打 Vita?”记者乙问白玟。

“汉海这个人本来就有暴力倾向，几个月前有一次我们一伙人去夜店玩，在等待进场的时候，我就亲眼看到他虐待流浪猫，不但用脚踹，还用圆珠笔戳它的眼睛。”白玟越说越激动，仿佛真有其事一样，这种人不去当编剧真是浪费人才。

我探身靠向白玟，低声问她：“你早上不是说过，公敌可以不是汉海的吗?”

白玟低声回我：“后来我分析过了，蕾姐太大牌，我得罪不起。”

记者乙问白玟：“那昨天晚上汉海为什么会打 Vita?”

白玟正经八百地回答：“因为昨天下午 Vita 接受访问的时候，不小心把汉海的秘密说出来了。”

“秘密?”记者乙诡异地笑了笑，“是指二十秒吗?”

“对，就是二十秒!”白玟说，“昨天傍晚网络新闻抢先报道了二十秒那件事，汉海得知后非常不爽，所以晚上跑去找 Vita 理论，没说两句，就连续扇了她好几个巴掌泄愤。”

说时迟那时快，白玟偷偷朝我的大腿狠狠捏了两下!

捏两下，代表要哭。

但她说的根本不是事实，我哭不出来啊！

白玟看到我没有配合她的指示，偷偷瞪了我一眼。

拜托，瞪我有什么用，你撒的谎跟事实相差这么远，叫我怎么哭啊？

“汉海这种烂人，爱动手动脚，爱欺负女生，爱毛手毛脚，他是我见过最烂的男人了！”白玟继续跟记者乙胡扯，右手却往我的大腿连续捏了三下。

捏三下，代表警告我如果不合作得赔三亿！

不远处的律师乙暗中比了比眼色，示意我乖乖配合。

唉……好吧，我只是遵照指示用风油精触摸眼睛而已，我可不保证会掉泪。

我举起预先涂了风油精的食指，触摸鼻子旁边的区域，假装自己是在揉眼睛。

没眼泪可不要怪我，我已经照做了啊！

我原本天真地以为鼻子旁边的区域跟眼球还有一段距离，应该不至于刺激到泪腺，没想到眼泪还是拼命流出，而且一发不可收拾！

记者甲看到这一幕，马上举起照相机，拍下我哭泣的表情。

“在我眼里，汉海根本就不是男人！”白玟看到我的眼泪，立刻怒拍桌子，把激动的情绪带到最高潮，“我真后悔当初把汉海这个烂货介绍给 Vita！我应该把 Daniel 介绍给她的，Daniel 会唱情歌，又会弹钢琴，性格又温柔，比汉海好多了！”

识时务的 Daniel 趁机拿出早已准备好的纸巾，在记者面前要帅地替我擦拭眼泪。

记者甲看到这一幕，再次举起了照相机，拍下 Daniel 细心体贴的一面。

白玟和 Daniel 同时嘴角上扬：这一役，他们两个都胜利了。

你像我的嘴巴，替我应付记者，替我捏造事实。

我像你的木偶，被你合约相逼，被你以线操控。

第 24 章 我的王位只有他可以坐，容不下多一个屁股

白玟口若悬河地在两位记者面前掰了将近一个小时，把汉海说成一个连杀人犯都不如的大烂货，身为人类就应该唾弃他，鄙视他，牢记他的外貌和恶行，让他走到哪里都抬不起头来做人。

有时候真的不得不佩服白玟煽风点火的能力，身为汉海女朋友的我，听完她的描述后，也实在很想对她所形容的那个烂人吐口水。

两天后，《数字周刊》出刊了，他们以“Vita与密友大爆料汉海假面具下的暴力倾向”为标题，大幅报道汉海平时的“恶形恶状”。

出刊那天的早上，我在公司的录音室练唱。由于一直心神不宁，所以直接影响到我的表现，不是唱错歌词，就是音准不对，不然就是拍子老是抓不准。

在一次唱到破音后，老师让我休息五分钟。我惆怅地坐了下来，忽然听到口袋传来手机短信的铃声。

我战战兢兢地打开手机一看，果然是汉海发来的短信："太过分了吧！我什么时候打过你？我什么时候用圆珠笔戳流浪猫的眼睛？我什么时候用望远镜偷窥隔壁的女生洗澡了？"

我内疚地回他："对不起，那些话都是我的副总说的。"

"你们把我讲成那样，我以后要怎样做人？你给我一个交代！"汉海回我，看得出来他相当气愤。

"对不起，请你相信我，真的不是我愿意的。"我回他。

说时迟那时快，就在我发出这条短信后不到五秒钟，罪魁祸首走进来了。

"老师说你刚才表现很差，怎么了？心不在焉？"白玟问我。

"嗯。"我无法否认这个事实。

"为了今天《数字周刊》出刊的事？"白玟又问。

"嗯，我担心汉海会抓狂……"我说。

"管他干吗？谁叫他是男人，男人受一点苦本来是天经地义的事，我只不过是放几个谣言而已，又不是拿刀子捅他，很委屈他吗？"白玟教训我，"你先管好自己的事吧！"

"嗯。"我点头敷衍她。

“下午就要去录影了，你的嗓子明明不错，不要因为你的情绪而搞砸了一切。”白玟告诫我。

本来想点头敷衍她，手机却突然响起短信的铃声，我着急地打开手机，想看看汉海回我什么话。

“在跟谁发短信?”白玟问我。

“呃……”我心头一震，赶紧用手掌遮住手机屏幕，“没有啦，朋友而已。”

“朋友?”白玟扬起眉，怀疑的眼神加上神偷般的右手，在半秒钟之内抢走了我的手机。

“哎，还我。”我伸手欲抢回来，却没抢到。

“短信显示是汉海哦。”白玟指了指我的手机屏幕，质问我，“你还有空跟他发短信啊？忘记下午要去录影的事了吗?”

“我没有忘记，下午录影的事我一直放在心上。”我说。

“我好不容易帮你争取到上电视节目的机会，拜托你认真一点好吗?”白玟用一种恨铁不成钢的眼神看着我，“从这一刻起，我不准你再心不在焉，手机先放我这里，等你录完节目回来之后，我再把手机还你。”

“你拿走了我的手机，我会错过汉……呃……会错过朋友的短信哎。”我心不甘情不愿地说。

“那不重要。跟你的前途比起来，其他人根本就无关痛痒，错过了也不可惜。”白玟拍拍我的肩膀，为我打气，“Vita，以你的嗓子，我很看好你能够通过今天的初赛。加油，过了它，好不好？”

“嗯。”我点头敷衍她。

中午时分，白玟带着我和另外几个新人一起前往电视台，录一个叫《回收金曲星》的歌唱比赛节目。

那是一个“资源回收”的电视节目，专门把一些在演艺圈红不起来的三四线艺人找来，进行为期数个月的歌唱比赛。至于没有名气或是想出头的新人，只要经纪公司愿意跟制作公司争取，还是有参赛机会的，像我们几个就是最好的例子。

我们才抵录影现场，众记者便围过来问我心情如何，还不断询问一些交往期间的问题，企图从我口中打听到更多汉海不为人知的暴力癖好。

就在我不知道该如何回答且现场一片混乱之际，白玟捏了我两下大腿示意我哭，我用食指触摸脸颊引出眼泪，用泪水回避当前无法应付的尴尬局面。

Daniel趁机拿出纸巾替我拭泪，还一直用暧昧的眼神看着我，企图引起记者的注意，增加见报的机会。

“谢谢大家关心，请大家今天放我们一马。”白玟提高音量，对那群烦人的记者说，“该讲的，我们在接受《数字周刊》访问的时候都已经讲了，你们去翻《数字周刊》就可以了。”

“可是今天早上汉海打电话过来，说你们伪造事实哎。”其中一位满脸雀斑的记者说。

“什么伪造事实？他男子汉大丈夫，敢欺负女人，就要有种承担，不要等东窗事发才来冤枉我们！”白玫理直气壮地说。

“可是汉海说……”雀斑记者继续争辩，看来不打算就此罢休。

“如果大家还有什么问题的话，等今天的初赛结束之后，我们很乐意抽空接受大家的访问。”白玫打断了雀斑记者的追问，“但待会就要录影了，请各位先让我们专心比赛，谢谢大家的关心。”

比赛过程非常顺利。

虽然我在思绪不宁的状态下参赛，但不知道是因为对手太弱，还是因为制作单位希望能把我这个话题人物留下，所以暗中叫评审们让我过关，最后我以接近满分的23分淘汰了我的对手，取得进入第二阶段的资格。

接着是其他组的竞争，我悄悄溜到后台，走进偏僻的洗手间。我用冷水泼向自己的脸，试图冲走不快的情绪。我看着镜子里面的自己，粉妆被无情的冷水融成奇怪的颜色，就跟我的人生一样，总是被外来的因素主导着命运。

虽然刚才赢了，但我一点喜悦都没有，我只感到无力和可悲。

我曾经以为发展障碍是我一生最大的包袱，没想到更让我力不从心的是这个社会的尔虞我诈。不幸的是，本来能跟我站在同一阵线、让我有一个依靠的汉海，却变成了敌对阵营。

我摇摇头，擦干了脸颊上的冷水，拭净了不争气的眼泪。

现在，我还能依靠谁？

白玟？

算了吧！要不是那份合约，我恨不得这辈子再也看不到那只老狐狸。

Daniel？

算了吧！虚情假意，只不过是一个想红的小白脸罢了。

方士麟？

唉，他是个好人，不过我已经心有所属了，我的王位只有汉海可以坐，容不下多一个屁股。

我离开洗手间，准备回化妆间补妆之际，赫然发现两个熟人往我这个方向迎面而来，且怒气冲冲。

“石惠雅！总算找到你了！”其中一个怒汉指着我，喊道。

那个怒汉是Jeff，而在他旁边的另一个怒汉是汉海，他们快步走到我面前。

“你……你们怎么会来这里？”我问。

“我帮电视台写剧本写了这么多年，朋友多到数不清，要知道你在哪里出现，会很困难吗？”Jeff说。

“为什么要冤枉我？”汉海用不谅解的语气问我，眼神流露着被出卖的伤痛。

“我没有。”我叫屈。

“你没有？”Jeff指着手中的《数字周刊》，指责我，“如果你没有，为什么会有这篇报道？汉海到底是哪里对不起你？你是不是嫌他对你还不够好？”

“那些不实报道是白玫说的，是她叫我点头，叫我用风油精引出眼泪装哭。”我说。

“她叫你点头，你就点头？她叫你装哭，你就装哭？”Jeff气愤地质问我，“你是白痴吗？你没有自己的想法吗？”

“她是我的上司，如果我不听从她的指令，我得赔三亿。”我委屈地说。

“三亿？”Jeff皱起眉头。

“怎么回事？”汉海问我。

“我跟她签了合约，合约上写明如果我违抗公司给予的工作或命令，公司有权利告我，向我索偿三亿。”我说。

“操！这种合约你也签得下去？你脑袋是不是有病啊？”Jeff辱骂我。

我想起小时候的往事，不觉哭了。

汉海看到我哭，于心不忍，对Jeff摇头，示意他别骂了。

“我今天不会放过她的，她太过分！”Jeff对汉海说。

“不要这样，惠雅哭了，别骂她了。”汉海向Jeff求饶。

“哭又怎样？”Jeff用右手推开汉海，得理不饶人地对我说，“汉海以前曾经跟我提过，说你小时候因为被堂哥欺负，脑袋缺氧导致发展障碍，但就算你有什么狗屁障碍，也不代表你可以用眼泪来装弱者，博取同情！”

“我没有。”我企图擦掉脸颊上的两行泪水，它们却像瀑布般狂涌不止，“从小到大，我从来没有利用自己的身世去博取别人的同情。”

“你没有？那你现在是在哭啥？”Jeff激动地说，“我不管你的脑袋有什么狗屁障碍，那是你家的事，不要老是耍笨，害汉海变成全民公敌好吗？”

“我真的不是故意的，三亿我实在赔不起，所以才会对白玟言听计从。对不起，请你原谅我。”我向汉海道歉。

“操！你不提三亿还好，你一提三亿，我就一肚子火！”Jeff转头对汉海说，“这种白痴女生，我拜托你赶快跟她分手好不好？再跟她纠缠下去，你一辈子都会被她害惨的！”

我内疚地看着汉海，在他的眼里，我看到一份不舍，一份无奈，以及一份犹疑。

我看得出来，他正在思考 Jeff 的建议。

爱情像跨年倒数，总会有结束的时候。

耍笨像岁月时光，不会有停止的一天。

第 25 章
公敌的下场

“没关系，不要哭。”汉海摸摸我的头，把我抱进怀里。

“我真的不想弄到现在这样的地步，我自己也无能为力，对不起。”我内疚地说，眼泪沾湿了汉海的衣裳。

“我知道，我相信你。”汉海说。

“谢谢你相信我。”我哭着说，“对不起，前阵子我因为在气头上，所以才会一直不相信你跟蕾姐是清白的。”

“那你现在相信了吗?”汉海问我。

“嗯，这几天我冷静地思考，一直回忆起以前我们相处的点点滴滴，我想起你的记事本里面写满了一堆跟你搭讪的女生的电话号码，但你从来都不会打电话给她们，所以……我相信你是清白的，是我前阵子太生气了。”我道。

“所以……你原谅我了?”汉海高兴地问我。

“嗯，经过这几天冷静地思考，我原谅你了。”我躺在他怀里点点头。

“我有一个好消息想告诉你。”汉海说。

“什么好消息?”我问。

“之前你在记者招待会说漏嘴的事，我已经释怀了。”汉海说。

“汉海，对不起，那天真的很抱歉，我真的不是故意说出口的。”我说。

“没关系，我已经没放在心上了，我原谅你了。”汉海温柔地抱着我，抱得更紧了。

“汉海，不要心软!”Jeff向汉海大喝，“今天如果你不跟她断了，她会害你一辈子的!”

“对不起，我不会跟惠雅分手的。”汉海抬起头，坚定地对Jeff说。

“拜托你清醒一点！回头是岸啊!”Jeff向汉海大喝。

“我现在很清醒。”汉海说，“我跟惠雅交往这么久，我很清楚她是个善良的女生。”

“善良有个屁用！善良就不会害人了吗?”Jeff说。

“真正害我的，是那个叫白玫的垃圾。”汉海问我，“惠雅，你知道白玫在哪里吗?”

“她在化妆间。”我说。

“带我去找她。”汉海道。

“你找她干吗?”我问。

“我要找她理论，当面问她为什么要中伤我，骂她个狗血淋头。”汉海说。

“嗯，我带你去找她。”我离开汉海的胸膛，叮咛道，“待会你骂狠一点，不用客气，我站在你这边。”

“好！我会连你的份一起骂！”汉海点点头。

我带着汉海缓缓走向化妆间，Jeff紧紧跟随在后。

“请问你是不是白玟小姐？”我们走到白玟面前时，汉海问她。

“嗯。”白玟若无其事地点点头，面对汉海这个满脸青筋的怒汉，她却没有半点惧怕的神色，看来以前经历过不少这种场面。

“我问你，你为什么要在《数字周刊》放谣言中伤我？”汉海激动地问她。

“什么谣言？我在《数字周刊》所说的每一句话，可都是实话哦！”白玟朝记者所在的位置提高音量。

“实话？”汉海气愤地问道，“我什么时候用望远镜偷窥隔壁的女生洗澡了？我什么时候打过惠雅？他妈的！你什么时候见过我做这些事？”

“哼。”白玟冷笑了一声，不屑地看着汉海，“敢做却不敢承认，你是不是男人啊？”

记者们快步走了过来，欣赏好戏上映。

“我不是男人？”汉海生气地问。

“男人我见多了，没见过像你这么虚伪的。在人后欺负我们女生，在人前却装作什么事都没做过，结果被揭发了，不知道自我检讨，却跑来责怪把你的丑事说出去的人，敢做不敢当，你丢不丢脸啊?”白玟交叉双手，高调地教训汉海。

“说够了没有?你再乱说话，我不排除告你哦!”汉海气炸了。

“有种你就去告。”白玟气定神闲地说，“从说真话的那一天起，我就准备好你会诬告我。恼羞成怒的人吗，也只剩下恐吓这一招了，老娘不会怕的啦!”

“你不要以为自己手上有惠雅这张王牌，我就不敢告你!”汉海对白玟说。

“提到惠雅，请你以后不要再接近她了。”说时迟那时快，白玟突然伸出右手，用力把我拉到她旁边，“那天我们接受专访的时候，我还没爆你平时在房间里怎样虐待她的咧，你这个死变态!”

“什么变态?我做了什么事，要被你这样骂?”汉海怒瞪白玟。

“你自己做过什么事，你自己心知肚明。”白玟说，“两个月前，你把手机塞到惠雅的身体里，然后坐在旁边欣赏她痛得打滚，还害她后来要找医生才能把手机拿出来，你到底有没有人性?”

“你够啦!不要再诬蔑我!”汉海握着拳头，生气地说。

“你性变态!下流无耻!”白玟指着汉海，情绪涌到最高点。

啪！

百千个愤怒，最后化作一个巴掌，轰在白玫的脸上。

记者们纷纷举起照相机，拍下了这个必定会成为明天头条的画面。

“你知不知道自己在说什么？”汉海问。

白玫一怔，用右手捂住自己的脸颊。

“干吗动手打人？”一旁的 Daniel 把汉海推开。

“不关你的事！”汉海把 Daniel 推回去。

“你打我的副总，不关我事？”Daniel 理直气壮地问。

“你就只会打女人吗？”白玫从惊恐中恢复冷静，质问汉海。

“你这个暴力狂！”Daniel 谴责汉海。

“你口口声声说白玫小姐冤枉你，还说要告她，可是我们亲眼看到你打她哦！”记者甲对汉海说。

“之前看到 Vita 和白玫爆料的报道，我原本只是半信半疑，但看到你刚才动手，我现在相信了。”记者乙说。

“别再说我诬蔑你，你就是喜欢打女人、有暴力倾向，事实摆在眼前！”白玫说。

“我这辈子活到现在，从来没打过女人，是你逼我的！”汉海大叫。

“你从来没打过女人？那刚才的那巴掌算什么？”白玫反问汉海。

“算了，汉海，不要再跟她吵了。”站在背后的 Jeff 劝汉海，“你现在理亏，先跟她道歉，其他事情以后再说。”

“要我跟这种女人道歉？不可能！”汉海激动地说。

“呜呜呜。”白玟再次用右手捂住被打的区域，并以楚楚可怜的语气对所有在场的记者说，“他平时欺负 Vita 就算了，我替 Vita 站出来说话，他还暴力相向，请各位大哥大姐一定要替小女子主持公道。”

“一定，我一定替你主持公道。”记者丙挺着胸膛保证道。

“身为男人，我实在看不下去了。”记者丁说。

“刚才他打你的时候，我已经拍下来了。”记者戊道。

“其实汉海他……”我开口为汉海说话，没想到才讲不到六个字，白玟即以迅雷不及掩耳的速度偷偷捏了我的屁股三下。

捏三下，代表警告我别对不起她，否则准备用一辈子的时间赚钱赔三亿给公司。

“其实汉海什么？”戴红帽的记者追问欲言又止的我。

“呃……其实……我……”我心头忐忑，舌头打结。

“Vita 想说的是，其实汉海就是这种人，他本来就比一般男生还要变态。”白玟说，“走在路上如果看到漂亮的女生，他会用手肘假装不小心碰那个女生的胸部。有一次他在网络上钓到一个美女，做完后他不想付钱，后来两个人闹上警察局，他才不甘愿地把钱交给人家。”

“你闭嘴！讲够了没？”汉海失控地往前冲，举起右手想再打白玫一巴掌，幸亏在千钧一发之际被Jeff拉住。

Jeff一边把汉海往后拉，一边用痛恨的眼神瞪着我，鄙视我的背叛与没骨气。

第二天早上，公司内部召开业务会议时，老板对白玫赞誉不已：“你也太强了吧？才短短几天时间，竟然可以把大家的焦点从‘姨太恋’转移到你和Vita身上。”

白玫笑逐颜开地说：“哈哈，我现在很有新闻价值哦，每一家媒体的记者都想独家采访我。我还真有点想干脆改行当艺人算了，趁现在这么红。”

“你还是留在幕后吧，我需要你的鬼才。”老板说。

“不是我吹牛，现在如果我想捧哪位新人，只要我把他带到记者面前，拜托几句，那些记者一定就范，马上帮那位新人做专访。”白玫说。

“我相信你可以。”老板说，“以你目前的知名度，甚至已经够资格上综艺节目当来宾了。”

“我也觉得可以，不过我不会独占啦，我会尽量把机会让给公司的新人。”白玫说。

“汉海现在形象down到谷底，网络上每个人都把他骂翻了，大家对他的看法都很差，我看他很难翻身了。”老板说。

“不是很难，是这辈子都不可能翻身了。”白玫得意地笑了，“我这辈子制造过五个公敌，前面那四个公敌直到现在依然被他们身边的人唾弃，依然抬不起头来做人，汉海也不可能例外。”

“遇到你这种人，算他们运气不好。”老板说。

“要翻身也不是不行啦，没有人叫他们留在台湾。”白玟说，“他们可以离开台湾啊，离开台湾就没有人会唾弃他们了。”

“为什么别人要因为你的口孽，而离开自己出生的地方呢？”我气得冲口而出，“你有家人，他们也有家人啊！”

“闭嘴！”白玟怒拍桌子，指着我的鼻子喝道，“没大没小！你算哪根葱啊？这个会议什么时候轮到你说话？”

“再怎么说，Vita是我们力捧的新人，你客气一点嘛。”老板对白玟说。

“如果她机灵一点，我绝对跟她客气，甚至可以把她当公主侍候。”白玟说，“但如果她的态度不合作，顶撞我，那就别怪我对她不客气。”

“话说回来，汉海真的不会告我们吗？”老板问白玟。

“不会啦，汉海是什么角色？就凭他？”白玟冷笑了一声。

“搞不好他咽不下这口气，会告我们啊。”老板说。

“放心吧，每次我制造一个公敌之前，都会先审慎评估，分析过才去做。”白玟胸有成竹地说，“像汉海这种穷鬼，没有人脉也没有资源，势单力薄，他有能力告我们公司吗？更何况他女朋友的合约在我手上，他才不敢乱来呢。”

“他没能力，可是蕾姐的公司有能力啊！”老板说，“蕾姐的公司会不会帮汉海告我们？”

“不会。我早就分析过了，经纪公司都很孬种的，不可能为了一个小角色去告其他同行，告了不但会破坏人脉，而且浪费钱和时间，吃力不讨好。”白玟说。

“除非我们得罪的人是天王巨星，对方才有可能会告。”坐在白玟旁边的助理补充道。

“没错。”白玟说，“更何况十五分钟之前我刚收到消息，今天早上蕾姐已经把汉海逐出剧组，也跟他解除经纪合约了。”

“什么？”我感到一阵晴天霹雳。

“汉海被 Fire 了？”老板跟我一样感到惊讶。

“对，这是蕾姐手下的人告诉我的消息，绝对可靠。”白玟说，“汉海打女人的新闻出来之后，他在蕾姐面前大呼小叫，不但死不认错，还拍桌子，用命令的语气叫蕾姐采取法律行动。”

“那个蕾姐不是很爱面子吗？汉海竟然敢对她大呼小叫，找死啊？”老板说。

“对，蕾姐是狮子座的，超爱面子，汉海的举动当然让蕾姐很不爽。”白玟说，“蕾姐本来就很现实了，对于一个形象暴力、变态、喜欢打女人的过街老鼠，留他在公司干什么？当然是马上 Fire 掉，省得麻烦啦。”

你像放鞭炮的小孩，平时冷静安分守己，碰到火花立刻引爆。

她像放风筝的小孩，平时迷恋风筝的美，沾到鸟粪马上放手。

第 26 章

我像失去你心的败犬

往后的几天，在白玟的炒作和安排下，我和几个新人陆续上了一些综艺节目的通告，知名度也渐渐提高。

很多观众对我和白玟寄予同情，进而把同情的力量化为支持。当然，对于那个“欺负弱者”的汉海，老百姓并没有打算原谅他或放过他，每当有他的新闻出来时，观众们总会对他进行无情的批评，或是揶揄一番。

随着我的人气越来越旺，我对汉海的想念却也越来越深，然而遗憾的是，他不愿意再理我了。

正确一点来说，他变得不问世事，谁都不愿意接触，因为不管他在媒体面前说什么，报道出来后，最后还是换来鞭挞和抨击。

渐渐地，他躲起来了，他用“与世隔绝”来回应这个社会对他的唾弃。

我不断地发短信安慰他，发笑话逗他开心，一天发三次以上，早午晚至少各发一条，但汉海再也没有回过我。

这些日子以来我尝试打电话给汉海，但他通通不接。原来以为他是看到我的手机号码才不理我，所以有一天我故意用其他电话打过去，结果他还是没有接。

有一次，我终于鼓起勇气拨电话给 Jeff，希望他帮我转接。没想到 Jeff 听到我的声音后，却直骂我烂货，说我没骨气，我还来不及为自己辩护，他就挂了我的电话，不愿意跟我讲下去。

原本有爱的情人，从此不再理我，把我放逐到天际。

原本没有爱的堂哥，却突然对我很好，还送我礼物。

“这个送你。”那天，在录影的空当时间，信业把我约到电视台楼下的咖啡馆见面，并把一个高雅的红丝绒盒子推到我面前。

“这是什么？”我讶异地问。

我这个堂哥一辈子从来没有送过东西给我，这次不知道有何居心。

“打开来看看。”信业神秘兮兮地笑着。

我听话地打开红丝绒盒子一看，看到里面放了一块金光闪闪的女用手表。

“怎么会送这么贵重的东西给我？”我无法理解。

“不是我送的，我只是做中间人而已。”信业说。

“谁叫你送给我的？”我问。

“邓董。”信业说。

“邓董是谁?”我问。

“邓董是生物科技公司的老板，很有钱哦。”信业说。

“我不认识他，他为什么要送东西给我?”我问。

“邓董前天晚上在电视上看到你，他还蛮喜欢你的，所以想跟你认识一下。”信业说，“这手表就当做是见面礼了，如果你愿意陪他吃一顿饭，还有另外的奖金哦。”

“不会吧?吃顿饭也有奖金?”我吃惊地问，这个世界真是无奇不有。

“对，这叫‘吃饭价’，每个明星的价格都不一样。越漂亮的明星，吃饭价就越高。”信业说，“至于你，邓董愿意出到十万呢。”

“我何德何能?陪他吃一顿饭就能拿十万?”我问。

“因为你刚进这个圈子，邓董觉得你很纯真、很可爱，还没有被演艺圈染坏，他认为现在的你值这个价钱。”信业说。

“真的吃一顿饭就可以领钱了吗?不用做别的事吗?”虽然天降横财让我心里乐歪了，但我还是有点怀疑是不是在做梦。

“你果然很纯真，很可爱。”信业轻笑一声，“你觉得有可能吗?”

“不然呢?”我反问。

“惠雅，我就直说了吧。”信业道，“邓董在南部一带很有势力，如果我能取得他的信任，拉拢到他跟我的公司合作，以后我就要风得风、要雨得雨了。”

“是吗？”我问。

“是啊。堂兄妹一场，你就帮我这个忙，陪邓董吃这一顿饭吧。”信业问我，“你最近哪天晚上有空？”

“我最近通告满档，而且平时还要练唱，要上课，要买衣服，太多事情要做了。”我说，“邓董想跟我吃饭，最快可能要等下礼拜哦。”

“下礼拜也太久了吧？能不能这几天找一个时间？”信业问我。

“有这么急吗？他有这么渴望马上跟我吃饭吗？”我问。

“这种事情当然越快越好，万一过两天他对你失去兴趣了，你就赚不到他的十万块了。”信业说。

“对了，你刚才还没有回答我的问题。”我说。

“什么问题？”信业问。

“陪他吃一顿饭就可以领十万块了吗？不用做别的事？”我问。

“这种事情心知肚明就好，不用明讲了吧？”信业回避我的问题。

“什么心知肚明？不好意思，我心不知，肚不明哎。”我道，“除了吃饭，还要做些什么吗？”

“呃……就……就一些二人世界的活动啊，没什么的啦。”信业说。

“二人世界的活动？”我问。

“呃……对啊，吃完饭之后，邓董可能会带你去看看夜景，泡泡 SPA，诸如此类的，享受两个人相处的时光，不会是什么可怕的事啦。”信业说。

“这样啊?”我犹疑地说，“孤男寡女的，说实在我不是很想答应，毕竟那个邓董又不是我的男朋友，而且我最近真的很忙。”

“拜托啦，只是吃顿饭而已，顶多只是吃完饭之后出去走走，我保证那天晚上你会很爽很快乐的。”信业恳求我，“你就帮个忙嘛，拜托啦。”

“堂哥，我是个有男朋友的人啊。”我说。

“那又怎样? 有男朋友还是可以跟其他男人吃饭啊，拜托，十万哎!”信业说。

“你刚才已经说了，不是只吃饭而已，吃完饭还有其他后续，这样的饭局我不是很想去。”我道。

“我看你是嫌钱少对吧?”信业以小人之心度正妹之腹，“不要以为邓董看上你，你就可以装清高，想提个更高的价钱。我提醒你，你只不过是个新人而已，凭什么得寸进尺?”

“我不是想提个更高的价钱，我是不清楚跟邓董吃饭之后要干吗，所以才不想去。”我道。

“这里只有我们两个人，你不用装啦。”信业说。

“我装什么?”我反问他，“我根本不认识邓董，也不知道吃完饭之后他要带我去哪里，这叫我怎么答应呢?”

“你放心啦，邓董是个好人，他不会伤害你的。”信业说。

“不介意的话，邓董的电话号码可不可以给我一下？”我问。

“你要邓董的电话号码？”信业问。

“嗯。”我点点头，“我想跟邓董先聊一下，听听看他是个怎样的人。”

“不用啦，你跟邓董吃过饭之后，就知道他是怎样的人了。”信业说。

“你要我陪一个陌生人吃饭，至少先让我了解他的为人吧？”我说。

“邓董的为人就只有一个字，那就是‘好’！他对女生落落大方，出手阔绰，是我们男人的典范。”信业说。

“如果你不给，那我不去了。”我说。

“这……你真的要聊过才答应吗？”信业问。

“对，我要先聊过。”我坚定地说。

“唉，那好吧，你用我的电话打给他。”信业把手机递给我，同时叮咛我，“你跟邓董讲话的时候要客气一点，温柔一点哦。邓董对我们公司的未来很重要，我下半辈子能不能享受人生都靠他了，你可别搞砸了。”

“嗯。”我点点头。

信业帮我拨号出去，十秒钟后，电话接通了。

“喂，小石，找我干吗？”对方问。

他的声音听起来老气中带点骄恣，应该就是邓董。

“对不起，我不是小石。”我道。

“那你是谁?”对方问。

“我是 Vita，石惠雅。”我答。

“石惠……哦！你就是小石的堂妹吗?”对方问。

“嗯，我就是。”我说。

“你好你好，我姓邓，我在电视上看过你，人很漂亮哦!”对方说。

“谢谢。”我说。

“你打电话找我有什么事吗?”邓董问。

“我想问你关于饭局的事。”我道。

“饭局? 哦对，我是请了小石帮我约你吃饭，你要来吗?”邓董问。

“不好意思，我想先问你一个问题。”我说。

“什么问题呢，Baby?”邓董的语气突然变得很暧昧。

“请问吃饭之后还会有什么活动吗?”我问。

“当然有啰，Baby，光吃饭你不觉得很单调吗?”邓董说。

“如果饭后还有活动，请问是什么活动呢?”我问。

“就一些让两个人都很快乐的活动啊。”邓董答。

“那请问是怎样的活动呢?”我问。

“这种事情心照不宣吧，直接讲出来就没有情调啦。”邓董说。

“对不起，我悟性比较低，可以请邓董你直说吗?”

我道。

“没想到你这个女生长那么可爱，问题却那么多。”邓董说。

“对不起，因为我不认识你，所以我想知道更多细节，才决定要不要答应。”我说。

“我也不认识你啊，我还不是一口价给你十万。”邓董不快地说，“我给你那么多钱，我都没有那么多问题，你收钱的却问我一大堆问题！”

“我只是想知道饭后的活动是什么。”我说。

“那我也有问题想问你，我可以请你直说吗？”邓董不但没有回答，还反问我。

“什么问题？”我问。

“你还是处女吧？”邓董问了一个爆炸性的问题，在我的心灵投下了一颗震撼弹，释出的能量相当于十八颗原子弹。

“不过是吃个饭而已，跟处女有什么关系？”我纳闷地问，“跟处女吃饭会让你比较有胃口吗？”

“是不是处女当然有关系，如果你不是处女的话，行情有差别哦。”邓董道。

“不好意思，我不是处女，我有一个很爱我的男朋友。”我说。

“这样啊？那你就不值十万了。”邓董沉默了五秒后，傲慢地说，“三万吧，你就值这个价。”

“什么叫我就值这个价？你什么意思？”我火了。

“三万我还嫌贵咧！要我用别人的二手货。”邓董说。

“你不要侮辱人！饭后的活动到底是什么？该不会是做爱吧？”我问。

“不然呢？花几万块在你身上，难道吃完饭还带你去看夜景啊？”邓董冷笑道。

“你去死吧！”我大叫，“你把女生当成什么了？淫虫！烂货！你不得好死！”

我气愤地挂掉电话。

“石惠雅，你他妈的在搞什么？”信业怒瞪着我，比我更恼火。

“他侮辱我哎，我当然要骂他啊。”我委屈地说。

“你有什么资格骂人家？”信业说，“邓董几十亿的身价，侮辱不起你吗？”

“他有钱是他家的事，不代表他可以侮辱我。”我说。

“你太不给我面子了！被人家说两句而已，有那么咽不下去吗？”信业生气地指责我，“你骂他，就是在害我！如果将来邓董故意跟我们公司抢订单，就是你害的！”

“订单抢不过人家，那是你们公司有问题吧？”我说。

“操！”信业气得怒拍桌子，咖啡被震得溢出杯外，“你要是搞砸老子的未来，别怪老子对你不客气！马上打电话过去跟邓董道歉！”

“不打。”我拒绝。

“打！”信业把手机塞到我手里。

“不打。”我把手机推开。

“给我打！不然我要你好看！”信业命令我。

“要我跟那种色狼道歉，我办不到！”我说。

“你不道歉，我就把你小时候的事情爆给媒体知道，让全世界都知道你以前是个弱智的病人！”信业说，“我倒想看看到时候是谁丢脸！”

“不打。”我吃了秤砣铁了心，抵死不从。

两天后的早上，我在早餐店翻阅报纸时崩溃了。

每份报纸都在报道我小时候的往事，包括脑袋缺氧造成的发展障碍，在一般学校因为智商不足而遭到同学的排挤和欺负，因为功课不好而两次留级重读，还有我在启智学校念了两年的经历。每一段都写得巨细靡遗，还佐以小时候的真实照片，赤裸裸地把我不欲为人知的过去呈现给全世界。

每一段文字，每一张照片，都戳击着我心头最痛的伤疤，让我在多年之后的今天，否定了自己这些年来的努力，再次告诉自己：我的确跟其他人不一样，我是个脑袋有问题的人，不管我再怎么努力改变自己，不管我再怎么待人以诚，不管我再怎么笑脸迎人，每个人都还是知道，我石惠雅是个弱智小孩！

我难过得哭了。

如果这个时候汉海在我身边，那该有多好啊！

我抬起头，强忍着哀伤，擦掉脸颊上的泪水，发了一条短信给汉海。

“我好难过，堂哥把我小时候的事爆给所有媒体知道了，你可以安慰我一下吗？”

一个小时过去后，汉海没有回我半个字。

你像失去民心的老鼠，走到哪都被唾弃。

我像失去你心的败犬，被你流放到野外。

第 27 章

能让我开心起来的，也只有你

中午回到公司，大家都为我打抱不平。

“嚯！你那个什么烂亲戚！”宣传部的 Michelle 咬牙切齿地说。

“揭人疮疤，过分！”美仪老师替我大声叫屈。

“就算以前念过启智学校，那也是以前的事啦，干吗拿出来讲？”Daniel 道。

“惠雅，要不要公司帮你告他？”白玟问我。

“没用的。”我摇摇头。

“没用？”白玟问。

“他是我堂哥，就算我告他，或者是公司告他，我老爸也一定会每天打电话来烦我，请我念在亲戚的分上，撤销控告。”我道。

“是吗？”白玟问。

“是，小时候就遇过一次了。”我道，“当时我的两个堂哥害我脑袋缺氧，我妈妈坚持要告他们，我爸怕告上法院会影响到家族的面子，坚持不肯，两个人吵到差点闹离婚。后来我爸爸把我妈妈的怒气压下来了，最后就没有再提，不了了之。”

“所以如果公司帮你告堂哥，很有可能重蹈历史的覆辙?”Daniel问。

“嗯。”我点点头。

“好吧，如果你确定你老爸不会干预，再跟我说。”白玟道。

“惠雅，你就别不开心了。”Daniel拍拍我的肩膀，“过几天我们就要去录《回收金曲星》的第二阶段，现在没时间让你难过了。”

“Daniel说得对，你要收拾心情，积极备战。”白玟说。

“第二阶段的主题是‘创作之夜’，当天晚上改为现场直播，如果唱得不好，电视机前的观众马上听得出来，没办法让你重录一次。”Daniel提醒我。

“嗯，知道了，我现在就去练歌。”我道。

我离开人群，徒步走向另一端的录音室准备练嗓子，却看到方士麟坐在楼梯处抽烟。

“咦？你今天不用去剧组吗?”我好奇地问方士麟。

“我今天的戏份已经在早上拍完了，所以回来公司帮新人做唱片。”方士麟说。

“真巧哎，我刚好也要去录音室。”我道。

“那一起走吧。”方士麟把烟熄掉，站了起来。

“剧组最近怎样？快拍完了吧？”路上，我问他。

“快了，大概还有一个礼拜。”方士麟说。

“汉海的戏份，导演打算找人重拍，还是全部剪掉？”我问。

“导演不打算剪掉任何汉海的戏份，也不打算找人重拍，毕竟他是话题人物，就算成了全民公敌，也不至于影响收视。搞不好还能吸引更多观众收看，一边看一边骂。”方士麟说，“不过，这大概也是汉海的最后一部作品了。”

“唉。”我不胜欷歔，“汉海当初满怀壮志地进剧组，没想到却落得这样的结果。”

“我很遗憾，但也爱莫能助。”方士麟耸耸肩，“不过呢，你和汉海再等半年就可以翻身了。”

“半年？”我纳闷地问，“为什么是半年？不是一辈子都翻不了身吗？”

“不，只要撑半年就可以了，不用一辈子那么久。”方士麟道。

“怎么说？”我不明白。

“因为白玟跟公司的合约只剩半年了，以她现在的知名度和势力，将来跳槽到其他经纪公司可以赚更多。”方士麟分析道。

“你的意思是，只要白玟消失，我和汉海就能解脱了？”我问。

“对！因为我们老板从来不会用合约细节要挟艺人就

范，只有白玟才会做这种低级的事。”方士麟说，“所以，只要白玟一走，你就自由了，以后不会再有人要挟你，到时候汉海不再有利用价值，他就有机会重新出发了。”

“半年……唉，也太久了吧？”我叹道。

“总之这半年你先顺着白玟，没事别得罪她，半年很快就会过去。”方士麟说，“对了，你是不是要参加《回收金曲星》的第二阶段？”

“对啊。”我点点头。

“准备好要唱哪首歌了吗？”方士麟问我。

“嗯，上次汉海送我的那张CD，里面有一首歌叫《I can fly》，我想唱那一首。”我说。

“《I can fly》？”方士麟皱着眉头问我，“真的有这首歌吗？”

“有啊，超好听的，我唱给你听。”我清了清喉咙，唱道，“I can fly，I’ m proud that I can fly，to give the best of mine，till the end of the time.”

“呃……这首歌叫《Proud of you》！”方士麟擦了擦额头上的汗水。

“哦……对哦！”我吐了吐舌头，“汉海也说过这首歌叫《Proud of you》，我又忘了。”

“所以你决定用《Proud of you》参赛吗？”方士麟问我。

“对，但我会填上汉语歌词。”我说。

“为什么想填汉语歌词?”方士麟问我。

“因为《回收金曲星》第二阶段的主题是‘创作之夜’，但我真的不会作曲，改词倒是没问题。”我说。

“原来是这样。”方士麟说，“如果直播当晚我不用拍戏的话，一定到现场为你加油打气。”

“谢谢你。”我扬起嘴角。

“你笑得好苦哦。”方士麟说。

童年往事被赤裸裸地摊在全世界面前，最爱的人又不理我，怎么可能甜得起来……

“我想你今天心情应该不太好吧?”方士麟说。

“嗯。”我点点头。

“今天早上我看报纸了，你堂哥把你小时候的事情都爆出来了。”方士麟安慰我，“不要放在心上，开心点，不要被小人打败啰。”

“谢谢。”我扬起嘴角，但还是开心不起来。

就在方士麟和我踏进录音室之际，手机的短信铃声突然响起。

我从口袋里掏出手机，在屏幕上看到一个期待已久的名字，他发来一段安慰的内容：“你堂哥本来就是个杂种，你不要被他影响到心情了，那种人不值得你为他生气，一秒钟都不值得。”

“Yeah!”我兴奋得大叫。

“干吗大叫?”方士麟问我。

“汉海发短信给我了！汉海发短信给我了！Yeah!”我边跳边说。

“怎么开心成这样?”方士麟问。

“汉海发短信来安慰我了！我当然开心啊!”我笑逐颜开。

方士麟看着我，眼神有点落寞，“那你赶快回他短信好了。”

“嗯!”我点点头，开始打字。

“我一整个早上都很难过，你怎么现在才回我短信?”我问汉海。

“早上在睡觉，五分钟前才看到新闻和你的短信。”汉海回我。

“爱睡鬼，我今天早上看到那些报道的时候，很希望你就在我身边，给我一个温暖的拥抱。”我回他。

“我看到那些报道的时候也很气愤，所以我刚刚在你的 Facebook 上面留言骂你的堂哥了，替你出口气，你有空的话可以上网看看。”五分钟后，汉海回我。

“嗯，我现在要练歌和填词，晚点再上去看。”我回他。

傍晚，我一边品尝着公司御用厨师特别调配的营养餐，一边用宣传部的电脑上网看 Facebook。

汉海果然在我的涂鸦墙留言了：

惠雅的堂哥是个王八蛋，无耻下流！

惠雅，请你加油，我精神上支持你，陪你撑过这段时间。

而在汉海的留言底下，是一连串网友对他的抨击：

论无耻下流，你自己也不遑多让好吗？你这个偷窥女生洗澡的败类！

死变态，还有脸来Vita的Facebook留言啊？

别再利用Vita打知名度了，大烂货！

废物，只会打女人和性骚扰。

垃圾，你知道耻字怎么写吗？

全世界都知道你的糗事了，你还想红？别来Vita的Facebook哭闹了！

死变态，别让我在路上遇到你，不然我一定告你性骚扰！

请你永远消失好吗？

我真的很讨厌你哎！

加什么油？支什么持？别装了，你有这么好心吗？

滚！

你像末代皇帝溥仪，无力挽救自己没落的命运。

我像现代爱情奴隶，无法抑制自己对你的思念。

第 28 章
环境再怎么糟，我永远爱着你

“谢谢你留言支持我。”我发了一条短信给汉海。

“不客气。”两分钟后，汉海回我。

“那些对你的批评，我全都删掉了。”我回他。

“删不掉的。这个世界没人有能力删掉他们的批评，因为他们已经根深蒂固地把我当成坏人，一个活该被讨伐的对象。”汉海回我。

我心痛地看着汉海的短信。

的确，我删掉了网友对汉海的指责，却删不掉人们对他的偏见。

这些年来，汉海总是在我出错的时候包容我，鼓励我，帮我化解尴尬。现在他出事了，我能为他做些什么？

或许我该公开做点什么事情，帮他平反。

如果……我有勇气的话。

几天后，白玟带着我和几位新人来到《回收金曲星》的直播现场，参加第二阶段的比赛。

虽然这是一个回收三流小明星的善心节目，但毕竟是在老三台播出，所以收视还不算差，也是我们这些新人增加曝光度的机会。比赛刚开始没多久，Daniel在台上卖力演出，展现这几天密集练习的成果，获得了评审们的一致赞赏。

比赛进行了半小时后，终于轮到我上场，主持人对我的白色连衣裙和背后的一对翅膀充满了好奇。

“Vita，你今天是来Cosplay的吗?”主持人问我。

“嗯，我这一身是天使打扮。”我答。

“怎么会想扮天使?跟你今天唱的歌有关吗?”主持人问。

“嗯，因为我今天要唱《I can fly》……呃不，是《Proud of you》才对。”我说，“因为今天晚上是创作之夜，所以我特别创作了汉语歌词，想要献给某个人。”

“某个人?谁啊?”主持人好奇地问我，“是要送给你的大恩人白玟吗?”

“不是她，另有其人，是个男的。”我说，“待会大家听听看就知道了。”

“好，那我们洗耳恭听。”主持人说。

主持人退到一旁后，我清了清喉咙，随着Keyboard老师的弹奏开始演唱：

感谢上帝

让我人生遇见你
对不起我爱你
我的笨常碍你

每一晚想起你
想起你爱的关怀
想起你对我的好
甜蜜点滴在心头

感谢你
是你让我茁壮
因为有你的爱
成就今天的我

向世界说爱你
请你也要坚强
环境再怎么糟
我永远爱着你

“这首歌，我要送给我这辈子最爱的男生。”在进入下一段之前的空当，我深吸一口气，把人们的想法置诸脑后，鼓起勇气向全世界宣布，“他的名字叫汉海。”

台下一片哗然，众人纷纷讶异地看着我。

“我原本是个很笨的女孩，是汉海一直对我包容和鼓励，让我成长，才有今天的我。”我道，“今天在这里，我想跟大家说，其实汉海并没有你们所想的那么坏。就算全世界几十亿人都把他当变态，我还是会永远爱他。”

台下再度哗然，比刚才的反应更大。

“这个世界上，有些人为了达到某种目的，习惯制造一个公敌来让人们唾弃，好让自己脱身，好让自己得到大家的同情，好让自己收获名气，好让自己能够尽情造口孽。对我来说，那种人才是真正的坏人，真正的变态！”我道，“汉海，我很遗憾你最近成了牺牲品，但我想跟你说的是——只要我们同心，没有人能够击倒我们！”

“Vita，你在暗示谁是真正的坏人?”不远处的主持人好奇地问我。

“Tempo来了，别讲废话，继续唱啊。”站在摄影机旁边的白玟催促我。

“我不在乎什么Tempo，我只在乎你，汉海。”我看着摄影机的镜头，用最肯定的语气说。

“你是不是疯了？我叫你继续唱，唱啊！”白玟有点抓狂地瞪着我，企图用眼睛逼我就范。

“我不会再唱了，白玟小姐，从这一刻起，你再也不能命令我了。”我说。

台下第三度哗然，比刚才的反应还要大十倍。

“从小我就是个没有魄力的人，怕事，老是被人牵着鼻子走。但这样的我要走入历史了，因为我知道，如果我再懦弱下去，我最爱的人将会离我而去。”我道，“我石惠雅在这里宣布，只要公司有白玟小姐在的一天，我都不会再履行合约，今天是我的最后一天！”

现场所有观众和评审都被我吓呆了。

我把麦克风交给主持人，在观众们的惊讶目光中洒脱地走下台。

“你知道自己在做什么吗？”经过白玟身边时，她大声质问我。

“知道。”我说。

“你做了这辈子最错误的决定！你一定会后悔的！”白玟大叫。

“不会。这是我一生当中，所做过的最幸福的决定！”我充满自信地说。

你的爱像浇清水，帮助我这小笨苗得到营养，茁壮成长。

我的爱像浇蜜糖，妨碍你这小帅苗吸收养分，望你见谅。

第 29 章
爱你是我唯一的答案

我在电视台门口等待计程车，不经意地回头一看，看到方士麟追了出来。

“白玟叫你追出来的吗？”方士麟跑到我面前时，我问他。

“不。是我叫我自己追出来的。”方士麟崇拜地说，“你果然是我的偶像，很有 Guts，我刚才被你吓到了。”

“白玟说我做了这辈子最愚蠢的事，没差别啦，反正我这辈子都在耍笨，不差再耍一次。”我说。

“我觉得做人顺心比较重要，至少你不用再受别人牵制了。”方士麟说。

“嗯，这些日子以来压抑的心情，终于在刚才解脱了。”我说，“不过，代价是三亿，恐怕以后每天工作二十四小时也赔不完。”

“要不要我卖断所有的创作，换你的自由？”方士麟问我。

“怎么换？”我问。

“我可以去跟白玟说，未来十年我所写的每一首歌都无条件地卖断给她，条件是请她不要告你。”方士麟说。

“不要！”我拒绝，“一来，你呕心沥血写出来的作品，干吗卖断给一个坏人呢？二来，呃……”

“二来什么？”方士麟问。

“二来……说白了，我心里只有汉海，即使他现在变成了全民公敌，我也不会移情别恋的。”我说。

“什么意思？这跟我卖断作品有什么关系？”方士麟神情失落地看着我。

“当然有关系，因为你不是我的男朋友，我不能受你这种恩惠。”我道，“总之，我不赞成你把自己十年的心血卖断给一个王八蛋，如果你真的这样做，我会不爽！”

“哦……那你下一步打算怎么走？”方士麟问我。

“不管白玟会不会告我，不管老爸会不会强塞有钱男人给我认识，我的下一步，下下一步，下下下一步，都只会是汉海。”我用最肯定的语气，说出这个唯一的答案。

此时，手机传来短信的铃声。

“刚才我看了电视，听到你唱的那首歌、说的那些话，我很感动。”是我“唯一的答案”发来的短信。

“我想见你。”我回他。

“我也是，来我家吧。”汉海回我。

“我不想看到Jeff。”我回他。

“没关系，如果他对你不好，我会站在你这边。”汉海回我。

“我没看错吧？你不是一向两边都不得罪，甚至有点偏袒Jeff的吗？”我回他。

“不会了，现在对我来说，你最重要。”汉海回我。

我请计程车司机载我回以前住的地方。

回到老地方，汉海和我在客厅相拥而泣。

“惠雅，对不起。”汉海对我说。

“干吗说对不起？”我靠在汉海的怀里问。

“前阵子我的情绪很乱，当时Jeff常常在我旁边煽风点火，我受到他的影响，对你有点生气，所以才没有理会你发给我的短信，对不起。”汉海说。

“嗯，如果我成了公敌，我也会不开心，想把自己关起来，不想理其他人，我了解你当时的心情。”我说。

“我以后再也不会不理你了。”汉海说。

“真的？”我问。

“嗯，我以后会好好珍惜你，不会再放手了。”汉海说。

此时，Jeff从房间走了出来，我们吓了一跳，汉海立刻放开了我，我也立刻从他的怀里弹开。

“哟，这不是全世界最没骨气的石惠雅吗？”Jeff的口气一如既往的讨厌，“你还回来干什么？”

“我回来跟汉海站在同一阵线。”我说，“刚才我在电视上唱歌，你没看到吗？”

“没有，我在写剧本，谁要看你这种不懂感恩的人唱歌啊。”Jeff 说。

“什么不懂感恩?”我不快地问。

“以前汉海对你那么好，结果你怎样对他?”Jeff 质问我，“虽然汉海很喜欢你，对你很好，但我拜托你别再来找他了，你不要再害他了好吗？算我求你了!”

“Jeff，请你不要这样跟惠雅说话，虽然你是我最好的朋友。”汉海说。

“她最近把你害惨了，害得你身败名裂，害得你连出门买东西都不敢。我帮你骂她，有什么不对?”Jeff 道。

“我不用你帮这种事，我自己会思考。我知道谁对我好，谁会害我。”汉海说。

“你知道个屁！她老是要笨，老是害你要出面帮她处理麻烦。”Jeff 说。

“那是我心甘情愿为她做的。”汉海说。

“唉，你怎么还不觉悟呢?”Jeff 恨铁不成钢地问，“难道要等她把你害死了，你才要在另外一个世界后悔吗?”

“Jeff，够了，惠雅是我的女朋友，请你以后不要说这些伤害她的话。”汉海用最严肃的语气，首度跟他这辈子最要好的朋友顶撞，“如果你坚持要这样做，我只好跟你翻脸。”

“翻脸?”Jeff 难以置信地看着汉海，“为了一个笨女人，你要跟我翻脸？我有没有听错?”

“没有听错。你再说下去，我马上跟你翻脸。”汉海斩钉截铁地说，“我说得出，做得到。”

“靠，好心没好报，我不管你了！”Jeff悻悻然离开客厅，走进厕所，用力把门关上。

“汉海，你很Man！”我说。

“好说好说，我从来就没有Woman过。”汉海笑道。

“Jeff不是你这辈子最要好的朋友吗？以前你不会跟他顶撞的，今天怎么突然变了？”我问。

“前阵子被蕾姐解雇，对我的影响很大。”汉海说，“这几天我一直在反省自己，我觉悟到被遗弃的感觉有多难受。以前Jeff老是欺负你，我因为跟Jeff已经是十几年的好朋友，从小玩到大，不想得罪他，所以没有站在你这边，替你挺身而出，我现在终于明白你当时的心情了。”

“我的笨脑袋会跟着我一辈子，你不怕我妨碍你一辈子吗？”我问。

“我不怕。”汉海说，“同样的，我的暴力和变态形象也会跟着我一辈子，很难洗掉了，你不怕别人用有色眼镜看你吗？”汉海问我。

“我不怕，这辈子我跟定你了。”我毫不犹豫地回答。

从前，我的梦里常常出现一位骑士，无论我受了什么委屈，他都会替我出头，而这位骑士，此刻化为实体，温柔地拥抱着我。

你的温柔像体香，总是让我感到欣慰。

他的刻薄像口臭，总是让我感到腥味。

第 30 章
偷菜也能救人一命

第二天早上，我在汉海的怀里醒过来。

我睡眼惺忪地抬头，瞧见一对迷人的明眸，忧郁地凝视着窗外。

“你醒啦?”我问。

“嗯，其实我一整晚都没睡着。”汉海说。

“什么事让你烦心?”我问。

“你的事。”汉海说。

“跟我有关的?”我问。

“嗯，我想了一个晚上，我觉得你还是跟白玟和解吧。”汉海说。

“如果不是她，你就不会变成全民公敌，你真的希望我跟她和解?”我问。

“其实昨天晚上我一直都在为这件事挣扎，我恨透了她。”汉海说，“但她有告你的权利，总不能因为我恨她，就把你也拖下水。”

“方士麟说，半年后白玟可能会跳槽。”我说，“如果她离开了，老板应该不会告我，因为老板是个好人，而且我昨天晚上说过，只要公司没有白玟这个人，我会回去履行合约的。”

“半年也太久了吧？白玟搞不好今天就准备告你了！”汉海道。

“唉，说得也是，搞不好我很快就会收到律师信了。”我惆怅地说。

“而且，万一半年后她还留在原公司怎么办？”汉海说，“又或者是，万一她跳槽了，但官司已经打到一半，公司找不到理由撤销控告，那又怎么办？”

“所以你觉得我该跟白玟和解吗？”我问。

“嗯。”汉海点点头，“昨天晚上我想了很久，和解对你来说，是最好的决定。”

“可是昨天晚上我在所有观众面前得罪她，她会愿意跟我和解吗？”我不看好。

“你有她的电话号码吧？”汉海问我。

“当然有。”我说。

“你把她的电话号码给我，我跟她谈。”汉海说。

我爬起床，掏出笔记本，念出白玟的电话号码。汉海抄下来后，拿出他的3G手机拨号给白玟。

十秒钟后，电话接通，他们开启了视频模式。

“是你？”白玟看到汉海时，吓了一跳。

“对，是我。”汉海看到白玟时，原先的愤怒的眼神突然转为祥和，企图隐藏仇恨的痕迹。

“打给我干吗?”白玟说，“我跟你之间没什么好谈的。”

“我是为女朋友打给你的。”汉海说。

“我跟你女朋友也已经没什么好谈的了。”白玟冷冷地说。

“我想跟你谈，你跟她和解的可能性。”汉海说。

“和解什么？Vita 昨天晚上讲的那番话让我面子丢尽！制作单位质问我，为什么我带的艺人说走就走；老板质问我，为什么连一个艺人都管不住!”白玟愤怒地说，“她让我这么没面子，我还跟她和解？别想！法院见吧!”

“面子比钱重要吗?”汉海反问她。

“什么意思?”白玟问。

“昨天晚上 Vita 唱到一半就离开现场，她现在绝对是最多人谈论的话题人物。如果 Vita 这颗棋子回到你身边，只要你们好好操作她，将来你们会赚更多钱。”汉海说。

“老娘不乐意让她回来啦!”白玟的表情有点松动，但显然余怒未消。

“我还是那句话：面子比钱重要吗?”汉海说，“如果 Vita 回到你身边，你的面子和形象都会恢复，至少大家会以为一切可能只是误会，可能只是 Vita 昨天晚上喝多了。”

“她要回来，不是不可以，但我有一个条件。”白玟终于作出让步。

“什么条件？你说说看。”汉海问。

“昨天晚上 Vita 说的那番话，不符合她的形象。”白玟说，“在我的计划里，Vita 是个遭到男人抛弃的可怜女生，她将来出专辑也会以弱者的形象出道。但很遗憾，昨天晚上 Vita 所做的一切，已经搞砸了我的计划。”

“那你想怎样？”汉海问。

“我要你做一件事。”白玟说，“我要你在自己的博客上面爆料，承认你以前曾经对她动粗五次，向她认错，请她原谅你。”

“你要我牺牲自己的形象？”汉海问。

“笑话，你现在还有形象可言吗？”白玟冷笑。

汉海犹豫了三秒钟，沉重地点点头，“OK，我答应你。”

“但这样还不够。”白玟说。

“你又想怎样？”汉海不悦地问。

“你的形象本来就是个会打女人的烂货，如果你只承认以前曾经动手打过她，恐怕没什么爆点，一般人看了以后反应不会太大。”白玟说。

“你想要什么爆点？”汉海问。

“我要你再爆一个料，说你怀疑 Vita 在跟你交往之前就已经不是处女。”白玟说。

“靠！这样我以后要怎么做人？会引起公愤的！”汉海生气地大叫。

“对！我就是要引起公愤，我就是要她跟你永远断绝关系。”白玟说，“如果 Vita 不是以弱者的形象回到我身边，而是以一个选择跟烂货复合的蠢女人形象回到我身边，那我宁愿不要。”

“白玟，你做人不要太过分。”汉海说。

“我过分？他妈的是谁昨天晚上乱说话，害我面子挂不住？”白玟得理不饶人地说，“如果你公布了，明天我可以帮 Vita 开一个记者会，到时候她会在记者会上痛哭失声，谴责你不知感恩，瞎了狗眼才会为你唱那首歌，然后公开宣布跟你分手，这样就能保住她的弱者形象。”

“Vita 为什么一定要以弱者的形象出道呢？她就不能以敢爱敢恨的形象出道吗？”汉海问。

“不行，我不接受，Vita 的 Fans 也不会接受。”白玟道，“说白了，Fans 花钱的时候，买的是同情，买的是她楚楚可怜的形象，谁会花钱在一个回到变态身边的蠢女人身上？”

“可不可以等我一分钟？我想跟 Vita 讨论一下。”汉海说。

“不可以。我的时间很宝贵，我不想等。”白玟看了看手表，继续道，“我现在给你三个小时，如果今天中午十二点之前，我没看到你上传爆料的文章，Vita 以后就不用回公司了，咱们法院见！”

白玟挂断了电话，现场只剩下房间的香味，以及不知所措的汉海和我互相对望。

"算了，那我不回公司了，让她告吧。"十秒钟后，我打破沉默。

"不用，还是牺牲我吧，让我彻底毁灭就好。"汉海说。

"明知会引起公愤，何必还上传呢？就让她告吧。"我说。

"反正我现在的形象已经是猪狗不如了，有差别吗？只不过是从－100分掉到－200分。"汉海说，"顶多是以前出门会被鄙视，以后出门可能会被丢石头而已。"

"我舍不得，别发了。"我劝他。

"没关系啦，宁得罪君子，莫得罪小人。反正那个小人半年后很有可能会跳槽，这半年我们就忍一忍吧。"汉海说。

十一点，坐在电脑前面的汉海已经打好一篇爆料文章，食指放在鼠标上，却迟迟舍不得发送。

"这一刻，只要我的食指按下去，我的人生就会彻底毁灭。"汉海挣扎地说。

"那你还是别传了，免得以后出门被丢石头。"我说，"要受苦，我们两个一起受，你不用为我牺牲啦。"

"没关系，一个人受就够了，我准备好以后出门随身携带雨具挡石头，只是……唉，我真的按不下去啊！"汉海说，"不然你帮我按好不好？"

"我也下不了手啊。"我说。

“自杀很痛苦，借别人的手来杀，比较没有那么痛苦。”汉海说，“惠雅，还是你帮我按吧。”

“我不确定我有没有勇气按下去啊。”我说。

“好啦，就这么决定了，你帮我按。”汉海站了起来，往床上一扑，闭起双眼小憩，享受人格彻底毁灭前的最后安宁。

我坐在电脑前，当我的食指触碰鼠标之际，才发现自己还真的按不下去。

要做这种足以摧毁别人一生的事，也是很讲究天分的，我自认这方面的天赋比不上白玟。

我实在下不了手，于是我连上了 MSN，登入了 Facebook，一边回复网友的留言，一边玩开心农场。

“哎，按了没?”五分钟后，汉海睁开双眼，问我。

“还没，再等一下啦，我还在挣扎中，快挣扎完了。”我一边跟老同学在 MSN 上玩接龙，一边回他。

“不要再磨蹭了，快十二点了!”汉海催促我。

“好啦，知道了，我会在十二点之前按‘确定’的。”我看着屏幕上暂时领先的战局，并不打算现在停下来做别的事。

“哎，按了没?”转眼又过了十五分钟，汉海又问了一次。

“还没，我正在偷别人的菜。”我说。

“哎，先不要玩开心农场好不好？先帮我按‘确定’啦。”汉海从床上爬起来，没好气地说。

“你按不下去，我也按不下去啊。”我道。

“唉，算了，还是让我来按吧。”汉海走到我旁边，用手势示意我起来让位。

我站起来让他坐，汉海的屁股才坐下不到五秒钟，突然指着屏幕惊叫：“啥？白玟死了？真的还是假的？”

“什么白玟死了？”我问。

“你看！”汉海指着屏幕的其中一个分页，惊魂未定地说，“你的 Fans 刚刚在涂鸦墙留言，说你的副总白玟在公司被杀了！”

“怎么回事？人好好的，怎么会被杀？会不会是假消息？”我纳闷地问。

“你打开电视，看看有没有她的新闻。”汉海说。

“哦。”我拿起遥控器，打开电视，然后转到新闻频道。

接下来为大家报道一则不幸的消息，知名经纪人白玟在一个小时前遭到不明访客刺伤，颈部、胸部和腹部等多处地方总共中了十八刀，送院后不治身亡。

根据警方的消息，凶手是白玟念大学时的学弟，名叫Charlie。他坦承是由于最近在电视上看到白玟屡出风头，想起以前被她陷害的往事，心有不甘，所以才起了杀机。至于犯案动机是否属实，则有待警方进一步调查……

“好几家新闻台都报道了，是真的!”我说。

“有一句话，虽然说出来很不道德，但我还是很想说……”汉海欲言又止，表情相当激动，却又蕴涵着一丝兴奋。

“哪句话?”我问。

“哎呀，别逼我说，很不道德的。”汉海说。

“这里只有我们两个，你不用怕说出来啊。”我追问，“哪句话?”

“好吧，是你要我说的哦。那句话就是——三好加一好，”汉海握起拳头，爽朗地仰望着天花板大叫，“死好（谐音四好）啦!”

“人都死了，你就留点口德吧。”我说。

“那也要看死者是谁，像她这种贱人，我干吗要为她留口德?”汉海站了起来，走到衣柜旁边，拿起一件帅气的衣服，“我现在心里五味杂陈，好想唱歌宣泄一下情绪哦，要不要一起去 KTV 唱个痛快?”

“我也是好几味在杂陈啊。”我道，“经过昨天晚上，原本我以为我要幸福了，但今天早上你建议我跟白玟和解，结果她要求你当终极变态，还要求我明天宣布跟你分手，我又开始难过了；刚开始出现难过的情绪，结果白玟突然死了……我现在还真的不知道，我到底该难过还是该开心。”

“那走吧，我们去 KTV 宣泄一下。”汉海把脏衣服脱掉，换上帅气的衣服。

“好，我先把电脑关了。”我坐下，迅速把该关掉的关掉，该删除的按“删除”，该确定的按“确定”，然后把电脑关掉。

穿好衣服鞋袜后，汉海牵着我的手走到楼下的停车棚，接着掏出钥匙发动摩托车引擎。

“等一下我们唱到两点钟就好。”汉海把安全帽递给我。

“才唱两个小时吗?”我接过安全帽。

“嗯。”汉海说，“唱完 KTV 之后，我马上载你回公司，你继续履行合约，不要让他们有告你的机会。”

“不会啦，整家公司只有白玟是坏人，她不在了，以后不会再有人用三亿威胁我了。”我说。

“对了，谢谢你刚才一直犹豫不决，浪费时间偷菜玩游戏。”汉海感激地说。

“嚯，这有什么好感谢的啊？明明就是我做事没有效率。”我道。

“就是因为你没效率，磨蹭了半小时都还不按‘确定’，所以我的那篇文章才没有贴到网络上，我才不用当终极罪人啊。”汉海双手搭着我的双肩，热血地说，“你救了我的人生，谢谢你!”

“呃……”我背脊一凉。

“呃什么?”汉海问。

“我想起了一件很可怕的事……”

“什么很可怕的事?”汉海皱着眉头看我，“该不会……”

“嗯……刚才我关机之前，因为赶着出来唱歌，所以你那篇文章……我不小心按‘确定’了……”我面红耳赤地说。

汉海无言以对地看着我，额头处渗出无数滴冷汗。

“对不起，我现在马上回去删掉它!”我立刻掉头，冲上楼。

“哎，等一下!”汉海在后面追着我跑。

我快步冲到三楼的门前，打开包包，却找不着钥匙。

“唉，在哪里啦?”我急了，拼命翻着包包的每个角落，却始终找不到那串钥匙。

“在这里。”汉海追了上来，把钥匙递给我，“刚才出门的时候，我看到你忘记拿手机和钥匙，所以就帮你拿了。”

“哦，谢谢。”我接过那串钥匙，把其中一根插进钥匙孔，却怎样也打不开。

“唉，怎么搞的?”我气疯了，不断地扭，用力地扭，却始终打不开门锁，“虽然我已经很久没有回来了，但我肯定没有记错钥匙，明明就是这根啊。”

“对，的确就是这一根。”汉海说，“但问题是，你扭错方向了……”

“对不起，汉海，对不起，我真的不是故意要浪费时间的，我真的很想把那篇文章删掉，对不起!”我急得哭了。

汉海突然抱住气急败坏的我。

“我知道你很着急，但我没有怪你。”汉海温柔地抚摸着我的头发，“不用紧张，不用心急，慢慢来就好。”

“嗯……”我用额头轻轻摩擦着他的胸膛，“你的胸部好柔软，好舒服哦，不管躺几次都舍不得离开。”

“这样啊？那你躺久一点。”汉海说。

“躺久一点？不行……你那篇文章怎么办？”我问。

“没关系，享受你的拥抱，比任何事情都重要。”汉海说，“等你躺够了，我们再进去删。”

“哦，你可别后悔哦，我这个人做事很没效率，可能会躺个十几分钟，甚至半小时。”我开玩笑地说。

“没关系，我愿意等。”汉海笑道。

我像云霄飞车，害你老是吓出一身冷汗。

你像旋转木马，让我晕头转向意乱情迷。

（全文完）